Auf dieser Erde wird Energie zum Tod gebracht.

Wir werden alle als Todesmanifestation materialisiert.

Und bekommen dafür einen spannenden Ausgleich: Ein Leben.

Ein herrliches, ein überraschendes, ein kräfte-zehrendes oder verzweifeltes Leben. Wir werden hin und her geworfen. Nicht immer haben wir die Wahl. Manchmal schon. Auch haben wir die große Chance, mit anderem Leben, mit jeder Lebensform in Verbindung zu treten. Dies ist das einzige Geschenk, das wir auf dem Weg zum Tod bekommen.

Wir sollten es annehmen.

Alles, was daraus entsteht ist: Liebe.

Marianne Koch

Marianne Koch studierte Literaturwissenschaft und Pädagogik. Sie arbeitet als Sonderpädagogin in der Integration mit behinderten Kindern. Sie schreibt, seit sie schreiben kann; wird mit 80 richtig gut sein. Veröffentlichungen in der Zeitschrift „Buchstäblich" der Schreibwerkstatt Essen und in der dort von Herbert Somplatzki herausgegebenen Anthologie „Zeitzeichen". 2010 erschien „Hin und weg" - Reisebilder, lyrische Prosa. 2012 erschien ihr Gedichtband „Muss alles sein".

Marianne Koch

Orpheus in der Arbeitswelt

Geschichten von der Liebe

Die Geschichte „Der Mann am Weg" entstand im Jahr 2013 in Zusammenarbeit mit dem Wittener Künstler und Autoren Wolfgang Busch, 1948 – 2014. Auch die Arabeske am Ende jeder Geschichte ist ein Linolschnitt von Wolfgang Busch.

Danke, Wolfgang!
Für alles!

Die Deutsche Nationalbibliothek verzeichnet diese Publikation in der Deutschen Nationalbibliografie; detaillierte bibliografische Daten sind im Internet über http://dnb.dnb.de abrufbar

Copyright 2017 by Marianne Koch
www.marianne-koch.com
Illustration: Wolfgang Busch
Herstellung und Verlag: BoD – Books on Demand
Printed in Germany 2017
Norderstedt
ISBN 978-37460-160-30

Inhalt

Auf See

Als ein blitzender Morgen aufging, erfüllt von Salzgeruch und dem Rauschen der See, ahnten das die Passagiere im Schlafsaal zweiter Klasse noch nicht. Betäubt vom eintönigen Brummen der Schiffsmotoren, müde und die Glieder steif vom flüchtigen Schlaf in harten Sesseln, öffneten sie vorsichtig die Augen und sahen sich im Dämmerlicht verstohlen um. Fremd waren sie im fremden Raum und mieden die Blicke von Fremden. Die Intimität des Schlafes brauchte ein wenig Gewahrsam, man rutschte tiefer in den Sessel. In solcher halb verborgenen Lage ließ man Tag und Wachen langsam aufsteigen. Erst später, wenn das Licht auch in den Schiffsbauch drang, würden sie wie Auferstandene umhergehen und einander ansehen.

Im Erwachen hatte die Frau einen flüchtigen Rundblick gewagt und im Halbdunkel den Blick eines Fremden wahrgenommen. Ihr Kopf sank zurück in die Sessellehne. Der Schlaf verabschiedete sich langsam. Sie öffnete wieder die Augen. Der Mann grüßte nickend, lächelnd, und ihr schien, in einem Einverständnis über die Absurdität dieser intimen, doch fremd sich anfühlenden Gemeinsamkeit. Es war eine Freude, eine kleine, beruhigende Freude. Jetzt erhob sich eine leise Kinderstimme, jemand stolperte fluchend über ein sperriges Spielzeug. Ein grüner Vorhang wurde von einem Fenster gezogen, und über alle warf die Sonne ihr zwingendes Licht.

Nun wurden Decken zurückgeschlagen. Die Frau atmete tief ein, stand auf und das freundliche Gesicht war wieder da, nicht weit von ihr. Der Mann bot an, ein Frühstück herbeizuschaffen. Tee oder Kaffee? Brioche? Tee. Sie bekam Tee und der Mann verabschiedete sich, winkte ab beim Angebot des Frühstücksgeldes. Seine Frage war natürlich eine Einladung gewesen. Sie wusste, dass ein Beharren auf ihrer Seite eine Beleidigung gewesen wäre, bedankte sich, nahm ihr Frühstück entgegen und er ging.

Der allgemeine Aufbruch war fortgeschritten. Waschlappen fuhren durch Gesichter schreiender Kinder, einige Kleine, frisch gekämmte, rappelten mit Dreirädchen durch die Gänge. Man machte ihnen großzügig Platz, erinnert zwar an ihre nervenaufreibende Herrschaft über den Saal am vorangegangenen Abend, doch die Erinnerung wieder vergessen gemacht durch die wenigen Stunden ihres wundersam tiefen Schlafes, den sie hingebreitet über Mutter- und Großmutterschöße verbracht hatten. Menschenschlangen wuchsen und schwanden wieder vor Toiletten- und Duschräumen.

Zertretene Kaffee- und Teebecher sammelten sich auf dem Fußboden. Der rothaarige Steward war auch wieder da. Goldkettchen im Ausschnitt des weit offenen Hemdes, enge Hose - hatte er sich in der Nacht redlich bemüht, sie in seine Kabine zu schwatzen. Er grüßte von weitem mit beiden Händen winkend. Dass seine nächtlichen Verführungskünste auf dem Oberdeck vergeblich geblieben waren, beeinträchtigte seine Fröhlichkeit nicht.

Manchmal trauerte die Frau regelrecht darum, dass sie in dergleichen Situationen nur das Theaterhafte sehen konnte, das Mühsame der männlichen Eitelkeit, das zu gleichen Teilen komisch und traurig war. Aber die Ahnung davon, dass auch er selbst das gar nicht wahrzunehmen gewillt war, was an seinem Spiel ernsthaft und im Wortsinn persönlich war, dass letztlich seine heraufbeschworene Romantik unterm Sternenhimmel ein bewusstes Spiel, eine menschliche Komödie sein wollte, das versöhnte sie mit ihm und mit sich selbst. Er war weit davon entfernt, ihre Abweisung übelzunehmen, wusste er doch, mit welchen Risiken bei seinem Spiel zu rechnen war. „Bretter, die die Welt bedeuten", dachte sie und musste lächeln. In diesem Fall waren es die Dielen auf Deck. Auch auf dieser Bühne herrschten Komödie und Tragödie, Freude an der Schönheit des Augenblicks, Tragik der flüchtigen Versuche, der versäumten Liebe vielleicht. Das Wahre stellt sich vor zum Spiel. Vorhang auf und Vorhang ab.

Über die klingenden Eisenstufen stieg sie aufs mittlere Deck hinauf. Dort war die Familie wieder mit den drei Söhnen versammelt. Einer der Jungen, wenngleich groß gewachsen, konnte nicht aus eigener Kraft gehen. Der Vater hielt ihn fest. Die Anstrengung, die ihn das kostete, war sichtbar. Die Frau sah hin und sah Zärtlichkeit im Blick des Vaters, der sein Kind halb trug, halb führte. Der Junge wies aufgeregt lallend hinab in die Gischt, die das Schiff in langen Bahnen hinter sich in die Luft warf. Der Abenteurer, der Braungebrannte, hatte mit seinem Hund offenbar die Nacht unter freiem Himmel verbracht. Die jungen Pärchen hielten sich an den Händen, abwechselnd einander und andere betrachtend.

Das Glitzern der Frühstunde, das Dunkel und Hell noch stark voneinander schied, war in das gleißende Licht einer Meereslandschaft übergegangen. Die Bucht von Cagliari dämmerte herüber. Mit dem leeren Teebecher in der Hand versank die Frau müde in den Anblick des brausenden Kielwassers, sog durch den Mund Salzgeschmack ein. Der Mann, der Morgen- und Frühstücksbote, stand nicht weit von ihr an der Reling.

Sie saß allein auf der Bank. Er stand dort und sah, die Unterarme auf's Geländer gestützt, auf das Meer hinaus. Sie saß lange so und er stand lange so.

Die Küste schob sich gewaltig heran. Aus dem dämmernden Blau trat nun das Weiß von Häusern, Grün von Bäumen hervor. In nicht großer Ferne lag ein riesenhaftes Schiff, unbeweglich. Eine militärische Silhouette. Schon immer hatte ihr der Anblick solcher Schiffe Angst gemacht, sie aber auch gebannt. Sie beobachtete die irrlichternde Gestalt des Schiffes, die geisterhaft im blendenden Sonnenglitzern des Meeres mal aufzutauchen, mal zu verschwinden schien. Noch war auch der Mond zu sehen, sogar, unfassbar, ein Stern, der am Nachthimmel einer der großen, strahlenden gewesen sein musste.

Jetzt schien ihr die Sonne stark und wärmend in's Gesicht, blendete sie einen Augenblick, denn das Schiff legte in einer großen Kurve gegen den Hafen hin an.
Der Mann war da, hielt ihr mit fragendem Blick ein Sandwich entgegen. Sie nahm an. Die Herzlichkeit seiner Fürsorge beschämte sie ein wenig, was sie sich selbst gegenüber nicht gutheißen konnte und umso verwirrter und umständlicher entschuldigte sie sich dafür, dass sie nichts anzubieten hatte.

Er antwortete etwas, das sie damals und auch später niemals in ihre Sprache übersetzte. Einmal nachgesprochen hätte es sich in ein unechtes Kompliment verwandeln können. Aber seine Worte entzückten sie. „Fa niente, ci sono i tuoi occhi e i tuoi capelli."

Als er sich zu ihr setzte, nannte er ihr seinen Namen und erzählte, wie er vom Land allein nach Rom gezogen war und welche Schwierigkeiten er dadurch mit seiner Familie bekommen hatte. Er beschrieb die erste Arbeit, die er als Jugendlicher in der Stadt gefunden hatte und wie sich dort jetzt sein Leben veränderte. Und er erwähnte ein Mädchen in seinem Heimatdorf, das nicht mehr auf ihn wartete. Dann fragte er nach ihrem Leben und nach ihrer Reise.

In Cagliari aßen sie gemeinsam.

In einer langen, von weißen Mauern gesäumten Straße flohen sie vor der überwältigenden Hitze in eine Bar. Als der Überlandbus nach S.Pietro kam, umarmten und küssten sie sich, als sei es für ewig.

Sie setzten ihre Reise fort, jeder die seine, und sahen einander nie wieder.

Das Klavier

Es ist ein hundert Jahre altes Ibach-Klavier. Eine berühmte Manufaktur. Als Kind habe ich das nicht gewusst. Später wusste ich es schon. Irgendwann bin ich in dem kleinen Ort Schwelm an einem großen alten Haus vorbei gefahren, das den Schriftzug Königliche Hof-Piano-Forte-Fabrik IBACH trug. Da habe ich es wirklich begriffen.

Zweimal haben Klavierstimmer, diese konzentrierten und schweigsamen Männer, mir zwar bestätigt, was an diesem Instrument alles erneuert und repariert werden muss, und was das kosten würde (für mich leider viel zu viel), aber jedesmal haben sie betont, dass sie dieses Klavier nicht abgeben würden. Sie legten immer eine Hand auf das Klavier, wenn sie das sagten. Sie bewegten die Hand ein wenig hin und her, und sahen auf die Tasten, wenn sie das sagten. Mein Klavier ist offenbar ein Objekt der Liebe, oder der Bewunderung, mindestens des Respekts.

Meine Eltern haben es für sehr wenig Geld von einem Mitglied der Kirchengemeinde gekauft. Ich vermute, dass sie fast nichts bezahlt haben und dass sich im Bekanntenkreis sowohl bereitwillige Männer mit starkem Rücken als auch ein Auto-Anhänger befanden, die für einen Einzug des Klaviers in unsere kleine Wohnung Voraussetzung waren.

14

Mehr als das hätten meine Eltern sicher nicht aufgewendet. Aber sie hatten eine Idee von Bildung, mit der dieses Klavier harmonierte. Und ich war das Kind, durch das diese Idee Wirklichkeit werden könnte, sollte.

Ich erinnere mich, dass im Haushalt meiner Tante, der älteren Schwester meines Vaters, ein Harmonium stand. Es sah dem Instrument, das in der Kirche gespielt wurde, recht ähnlich. Lange Zeit glaubte ich, dass es das sei, was die Leute mit ‚Orgel‘ bezeichneten.

Es sah seltsam und nicht sehr weiblich aus, wenn meine Tante beim Spiel mit den Händen gleichzeitig kräftig die Pedale mit Füßen trat. Es sah aus, als würde sie in ihrem langen schmalen Rock einen schweren Tretroller fahren. Die übereinander klingenden Musikschichten aber lagen wie ein Glanz in der Luft und machten mein Herz leicht.

Ich weiß nicht, wann und von wem ich Noten in die Hand bekam. Sicher ist, ich konnte sie früh lesen. Die Mutter hatte mir und der großen Schwester Stofffutterale für unsere Blockflöten genäht, eine Schubtasche für jeden Flötenteil und eine für die Flötenputzbürste. Damit marschierten wir an einem Nachmittag pro Woche zu Fräulein Fassbinder, die ungeachtet des ‚Fräuleins‘ eine ziemlich alte Frau war, und in ihrem Wohnzimmer lernten wir, Flöte zu spielen. Jedenfalls hatte Fräulein Fassbinder wahrscheinlich das Alter, das einem siebenjährigen Kind unter den Begriff ,alt' zu fassen ist. Fräulein Fassbinder war nicht freundlich. Auf die weiße Häkeldecke ihres großen runden Tisches haute sie laut den Rhythmus, wenn sie mit unserem Spiel unzufrieden war. Wir hockten gekrümmt auf dem Sofa vor dem Tisch und bemühten uns. Ich erinnere mich an ,Es kommt ein Schiff geladen' und ,Fröhlich soll mein Herze klingen'. Und trotz der brachialen Schläge auf das Holz des Tisches, nur wenig von der Häkeldecke gedämpft, habe ich diese Stunden in guter Erinnerung. Da war eine Freude, wenn wir alle zusammen klangen.

Dann kam das Klavier.

Genau fünfzig Jahre, bevor die Königliche Hof-Piano-Forte-Fabrik ihre Produktion einstellen würde. Es stand in unserem Wohnzimmer wie ein schwarzer schweigender Riese. Es fügte sich nicht wirklich ein in diese Wohnwelt eines breiten Hauses voller Wohnungen direkt am Marktplatz. Als Erwachsene wusste ich dann, dass sich unsere Wohnung in einem dieser Häuser befand, die nach dem Krieg möglichst schnell vielen Familien Platz bieten sollten. Damals wusste ich nichts von diesen Dingen. Auf jeden Fall nahm das Klavier in dem nicht sehr großen Wohnzimmer viel Platz weg. Ich habe eine vage Erinnerung daran, dass an seinem Platz einmal ein niedriger Tisch gestanden hatte und darauf die Puppenstube, die Opa uns zu Weihnachten selbst gebaut hatte. Sie hatte zwei Räume, das offene Dach nur am Rand von einer Art Dachterrasse bedeckt, die Püppchen trugen von Oma gehäkelte Kleider. Es war eine schöne Puppenstube und ich weiß leider nicht, wann und wohin sie verschwunden ist, genauso verschwunden wie Oma und Opa, von denen sie kam.

Das Klavier stand nun da und blieb nun da, als könnte es allein dank seines Gewichtes aller zeitlichen Bewegung trotzen. Eigentlich tat es das ja auch.

Wie gesagt, bei Fräulein Fassbinder hatte ich gelernt, Noten zu lesen. Irgendwer, ich kann mich trotz größten Bemühens nicht erinnern, wer es war, zeigte mir die Taste für das C. Und damit ging alles los. Cdefgahc kannte ich ja aus Fräulein Fassbinders Flötenstunden. Dazwischen lagen die Halbtöne. Den Flohwalzer brachte mir mein Cousin bei. Und dann entdeckte ich die Lieder im Gesangbuch der Kirche.

Im folgenden Jahr zogen wir in eine andere Stadt. Das Klavier stand nun in einem hohen Zimmer, zu dem es besser passte. Und gegenüber wohnte Frau Engels, eine alte Frau, aber sie sah schlank und vornehm aus. Und sie hatte eine Mutter, die noch älter war und irgendwann starb. Durch das Fenster sah ich Frau Engels stapelweise Dinge in ihre Mülltonne werfen und eines Tages waren auch Bücher dabei. Ich ging hin und zog Noten aus dem Müll. Es waren große Blätter, größer als ein DINA4-Heft und dünn und schlabbrig und sie hielten sich nur schwer auf der aufgeklappten Notenablage. Auf einem Heft stand „Schneeglöckchens Erwachen-Tanzreigen mit Gesang für 4 Damen", auf einem „Friede auf Erden-Lieder zur Weihnacht" und auf dem dritten „Die Zauberflöte-Oper von W.A. Mozart". Sie enthielten zweistimmige Notensätze zu Liedertexten. Ein „Lied" hieß „In diesen heil'gen Hallen", ein anderes „Dies Bildnis ist bezaubernd schön". Dieses hatte einen ergreifenden Sprung in die Höhe von „Dies" zu „Bild", und dann wurde „Bild" auch noch so lange angehalten, bis endlich das zugehörige „nis" kam. „Lieder" nannte ich sie. Es war lange vor der Zeit, in der ich wusste, was „Arien" sind. Das mit dem Bildnis übte ich häufig und sang dabei und zu meiner großen Überraschung stand meine Mutter einmal kurz in der Tür und schaute zu mir hin. Das traf mich tief. Ich hatte noch nie erlebt, dass sie stehenblieb, um zu mir hinzuschauen. Diese Musik musste Bedeutung haben.

Beim Mitsingen musste ich manchmal so lange auf einem Ton aushalten, bis ich meine Finger auf den

Tasten zu der nächsten Silbe, zum nächsten Ton sortiert hatte, dass ich keine Luft mehr hatte und die eine Silbe dauernd wiederholte. Es klang furchtbar, aber das schreckte mich nicht wirklich ab. Damals hatte ich noch Ausdauer beim Üben.

Mir persönlich gefiel auch „In diesen heil'gen Hallen" besser. Es war so schön dunkel und *ehern*, ein Wort, das es nur in Märchen gab und auch eigentlich unverständlich war. Aber hier wusste ich auf einmal, was „ehern" bedeutete. Und: man „wandelt ins bessre Land", das brachte Saiten in mir zum Klingen, die noch neu waren. Die allenfalls im Kindergottesdienst angesprochen worden waren, mir aber leer und nicht hilfreich schienen. Aber am allerschönsten fand ich „Oh Isis und Osiris". Wenn ich es sang, dachte ich an die blauen Blumen, die Iris, die es auf dem Markt gab, und die man als Mitbringsel mit rosa Nelken und zartem Grün der Oma mitbrachte.

Ich übte viel und kam dann auf die Idee, die Bücher, die wir für den Musikunterricht in der Schule haben mussten, zu durchsuchen. Auf einigen Seiten standen auch durchaus spielbare und erfreulich kurze Klavierstücke. Es gab eine verspielte Melodie aus dem „Notenbüchlein für Anna Magdalena Bach" und noch einmal von demselben Komponisten ein Stück, das wie eine dauernde Wiederholung klang, erst die rechte Hand, dann die linke Hand mit derselben Sache und immer so hin und her und dann beide zusammen und das klang wirklich - genial. Ungefähr zwei Jahre später, als ich schon Klavierunterricht hatte, hörte ich meine Lehrerin, als ich an der Wohnungstür klingelte, etwas spielen. Ich sagte ihr bei der Begrüßung, dass ich es durch die Tür gehört habe und dass es mir gefallen hat. Da spielte sie noch ein bisschen weiter und fragte, ob ich mir vorstellen könnte, von wem das wohl ist. Ich sagte „Bach", denn das war klar zu erkennen. Sie war sprachlos, weil sie nicht mit meiner Antwort gerechnet hatte. Sie konnte ja nicht wissen, dass ich damit geübt hatte, bevor es mit dem c d e f g usw. der rechten Hand losgegangen war.

Aber am Anfang, zur Zeit der „Heil'gen Hallen" hatte ich so etwas noch nicht geübt. Fingersatz, was war das? Ich klimperte die größten Klassiker vor mich hin ohne es zu wissen.

In der Schulaula stand ein Flügel. Deshalb fand dort der Musikunterricht statt. Wir warteten wieder einmal auf die Lehrerin, rannten wieder einmal herum und spielten wieder einmal auf den Tasten, ich ein Stückchen von dem, was ich zu Hause geübt hatte. Unsere Musiklehrerin hieß Frau Rupe und war eine große strenge Frau. Wir huschten zu den Plätzen, als sie kam. Sie fragte, wer da gerade gespielt hat, ich sagte „ich" und sie fragte „Bei wem hast Du Klavierunterricht?" Klavierunterricht? Ich war verunsichert und sagte: Keinen. Ich – hab keinen Klavierunterricht. Da sah sie mich lange an und sagte: „Du musst Klavierunterricht haben. Sag das deinen Eltern."

Wahrscheinlich habe ich es meinen Eltern wirklich gesagt, jedenfalls machten sie eine junge Oberstufenschülerin ausfindig, die, deren Spiel ich später einmal durch die Tür hören sollte Sie gab mir für geringes Geld einmal in der Woche Unterricht. Sie hieß Ingeborg und hatte eine Mutter, die immer dabei saß.

Ich erinnere mich an schweißnasse Hände im Sommer, wenn ich die Treppen bis zu der Wohnung hinaufgehetzt war. An den Taktell, das Folterinstrument mit klackendem Zeiger. An Muzio Clementi. Und an die grässliche scheußliche Mutter, die mich während der Unterrichtsstunden an ihrer Tochter vorbei korrigierte und manchmal beschimpfte.

Nach 3 Jahren ging das Ganze zu Ende, denn Ingeborg und ihre Mutter zogen fort. Einen anderen Lehrer für kleines Geld fanden meine Eltern wohl nicht. Und die Ingeborg-Mutter-Stunden hatten bewirkt, dass ich keinen Grund mehr sah, auf weiterem Unterricht zu bestehen.

So gab es in meinem Umfeld keinen einzigen vernünftigen Menschen, mich selbst eingeschlossen, der verhindert hätte, dass ein schwer gewonnener Schatz auf den Müll geworfen wurde.

Ich blieb diejenige, die irgendwann mit den Namen Bach und Mozart Gefühle und Klänge verband. Und die Gefühle litten keineswegs darunter, dass ich zunehmend mehr über die Komponisten wusste. Ich blieb die, die sich für Schumanns „Carnaval" ganze Choreografien ausdachte, die bei den Einspielungen der Goldbergvariationen von Glenn Gould, vor allem der späten, jedem Ton nachzitterte. Ich blieb die, die irgendwann Mahler-Sinfonien auf Reisen wieder und wieder mit Kopfhörern im Ohr „verschlang", ihre musikalischen Kreise immer weiter zog, schließlich auf den Spuren von Puccinis und Verdis Opern durch Deutschland und Italien fuhr. Und Mozart – Mozart! – stieß eines Tages meine italienische Belcanto-Leidenschaft aus höchsten Wolken in die Tiefe, denn dort oben war „Non so piu cosa son" und „L'ho perduta, me meschina", diese kleine genialische Melodie an so überaus unbedeutender Opernstelle im Figaro.

Was aber das Klavierspielen betrifft, bin ich die Klimperin mit drei Jahre Unterricht geblieben. Ein bisschen Mozart-Sonate, aber nur den ersten und dritten Teil, ein bisschen Bach, Weihnachten ein paar Lieder.

Und manchmal ein Jahr lang gar nichts.

Das Klavier ist durch exakt zwölf Wohnungen mit mir mitgezogen. Während eines Jahres in Italien erklärte ein Freund sich bereit, es bei sich aufzubewahren. Später, als ich länger einsam war, lernte ich noch einmal ein paar neue Stücke, Kleinigkeiten, schnell zu spielen und schnell zu lernen. Offenbar beeindruckten sie zumindest durch die Tür hindurch. Es war in der kleinen Wohnung, bevor ich nach Italien zog. Zwei Tage lang waren Klempner mit dem Anbringen neuer Heißwasserversorgung beschäftigt. Sie bekamen einen Wohnungsschlüssel und ich stellte ihnen, bevor ich zur Arbeit ging, eine Thermoskanne Kaffee, Milch und Zucker hin und ein paar Kekse und Tassen. Sie packten am ersten Tag gerade zusammen, als ich kam. Als sie die Tür hinter sich schlossen, setzte ich mich sofort ans Klavier, denn damals konnte ich mit dem Spielen noch Stress abbauen. Am nächsten Tag hatten sie ihre Arbeit beendet, bevor ich kam. Neben den leer getrunkenen Tassen lag ein Zettel: „Vielen Dank schöne Pianistin." Mein junges eingebildetes Herz ließ sich damals, so denke ich heute, nicht genug davon rühren.

Mit den Jahren gingen die Freunde mit gesundem Rücken und Zeit zum Helfen aus. Bei den letzen fünf Umzügen beauftragte ich Klavierspediteure. Das scheint ein Beruf zu sein, der Menschen aus sehr verschiedenen Richtungen an sich zieht. Einmal war es ein Chef mit Brille, den ich eher in einer Bankfiliale vermutet hätte, im Gefolge zwei Männer von enormen Ausmaßen, die nicht sprachen. Der Chef dirigierte sie mit wenigen Worten, machte sie auf jede kleinste Gefahr aufmerksam, hier die kleine Stufe, dort der Türrahmen. In weniger als zehn Minuten war mein Klavier geräuschlos unter Gurten und Decken im Transporter verschwunden. Ich beauftragte den Brillen-Chef noch mehrmals mit der Klavierreise.

In einer anderen Stadt kam zur „Begehung" ein junger, schmaler, schwarz gekleideter Mann vorbei. Die „Begehung" hielt ich für notwendig, denn meine ländliche Wohnung lag im ersten Stock eines sehr alten Hauses, beim Treppensteigen stieß man dort fast mit dem Kopf an die niedrige Decke. Er maß und schwieg und notierte und meinte dann „Es geht". Genau zwei Zentimeter fehlten zum „es geht nicht".

Für die Ausführung der Operation erwartete ich Männer anderer Statur als den „Begeher". Aber nein, er war es selbst. Er kam mit einem zweiten schmalen schwarz gekleideten Mann und ich dachte: Ein wahrhaft existentialistisches Paar. Als ich sah, wie der eine von ihnen, den Tragegurt um den Körper geschlungen, tief über die Stufen herab gebeugt, dem anderen Befehl gab, die Tonnenlast zu schieben, wandte ich mich ab. Ich konnte den Blick auf den schmalen Rücken, in dem ich in jedem Augenblick ein lautes Knacken erwartete, nicht mehr ertragen.

Der dritte Spediteur war eine Überraschung mit Rauschebart. Er strich über den „Ibach"-Schriftzug, setzte sich hin, um eine Schubert-Sonate zu spielen, machte mir dann einen Kostenvoranschlag und heftete sein Visitenkärtchen an die Rückwand des Klaviers. Den Transport führte er zügig und weitgehend wortlos mit einem Mitarbeiter aus. Jahre später zog ich das Visitenkärtchen vom Klavier und beauftragte ihn wieder.

Das Klavier steht hier immer noch, hier, neben mir, während ich schreibe. Schwarz und schwer und etwas verbraucht, aber mit schöner Schnitzerei. Die Klänge brauchen immer noch eine Überarbeitung, für die mir immer noch das Geld fehlt. Aber es klingt. Ich traue ihm zu, dass es noch klingen wird, wenn ich nicht mehr da bin. Das finde ich tröstlich.

Das magische Dreieck

Links hört man leises Plätschern, rechts ein Gemisch aus Menschengeräuschen. Wir haben beide den Unterschied bemerkt. Und wir haben uns für rechts entschieden. Chiara hat einfach immer Lust auf Leben. Ich wollte ihr den Gefallen tun. Obwohl mir das Linksgeräusch besser gefällt. Rauschen, ganz leise. Dazwischen uhrwerkt verhaltenes Plätschern. Das von den ganz kleinen Wellen.

An der Straße Geklapper und Geplapper und Knoblauchgeruch.

Ciao, bella!!

Chiara lässt sich von drei Freunden abküssen. Nach meiner Zählung sind das jetzt Nummer neun und zehn und elf. Sie sehen sich bestimmt jede Woche, aber freuen sich immer, als wären sie von einer Weltreise zurück! Und Chiara sonnt sich in der Aufmerksamkeit. Hier sind alle ständig auf irgendwas aufmerksam. Sie gucken gern. Ist ja auch nett. Ich gönn es ihr. Ich weiß, dass sie traurig ist, weil wir bald wieder abreisen. Vielleicht vermisst sie das in ihrer alten Heimat – diese Aufmerksamkeit. Jetzt ist noch ein aperitivo angesagt! Wenn das so weiter geht, bin ich schon vor dem Essen besoffen. Sie zieht an meiner Hand. Ach komm, nur zehn Minuten! Genau in dem Moment rempelt uns ein lachend torkelndes Männertrio fast um. Mann!

Ich hab Bier im Schuh.

Weißt du was, ich spül mir die Füße am Strand ab und warte da auf dich. Jungs, nehmt es mir nicht übel. Ich bin noch fertig vom jetlag. Und Chiara kann ich auch beruhigen. Mach in aller Ruhe. Ich warte am Strand.

An der Kuhle?

Ja. Ich guck mir zum Abschied noch ein bisschen die Sterne an.

Die Kuhle ist eine Stelle direkt hinter der Promenadendüne. Wenn man durch das Gebüsch auf den Sand tritt, zieht sich an der linken Seite eine kleine Schräge entlang. Da kann man gut liegen, ohne von der Promenade gesehen zu werden. Ist eigentlich eine kleine Sandwelle. Wir haben sie Kuhle genannt.

Chiara winkt mit krabbelnden Fingern und küsst mich durch die Luft.

Ich hol dich gleich ab!

Als ich am Ende des Dünenwegs auf den Sand trete, ist es stockfinster. All das Licht von den Lokalen dringt nicht hierher. Und es ist still. Ich warte, um meine Augen an das Dunkel zu gewöhnen. Bei längerem Hinsehen erkennt man die kleinen weißen Schaumränder der Plätscherwellen. Ich setze mich nicht weit vom Weg in die Kuhle. Wenn ich nach links schaue, ist alles nur schwarz. Auf der rechten Seite gibt es Licht in der Ferne. Der Sand ist noch warm vom Tag. Ich zieh die Schuhe aus. Ich spül das alles später sauber. Ich werde angenehm müde, lege die Arme unter den Kopf und beguck mir den Himmel. Und es blitzten die Sterne – haben wir in der Oper gehört. Chiara hat sich aufgeregt über die blöde Übersetzung. E lucean le stelle findet sie schöner. Klingt auch schöner, muss ich zugeben. Da war eine Menge Aufregung auf der Bühne. Hätte gar nicht gedacht, dass es in der Oper so lebhaft zugeht. Ich kenn mich mit Opern nicht so aus. Ist das da hinten das Ende vom Dorf, sind das noch Häuser, die kleinen hellen Flecken? Erstaunlich, wie dunkel es auf dem Strand sein kann. Wie ein Sumpf, durch den man mit den Augen nicht dringt. Ich dreh mich auf die Seite, bin kurz vorm Einschlafen.

Das Feuer. Da sitzen Leute am Lagerfeuer. Jetzt erkenn ich das. Eine ganze Gruppe. Schön. Die machen das richtig. Man sieht Gestalten, die sich vor dem Feuer bewegen, immer nur ganz kurz. Neben dem Feuer sitzen einige still, halb angeleuchtet vom Feuerschein. Was für ein Bild. Ich schaue und schaue und schlafe dabei fast ein.

Plötzlich sind da zwei dunkle Schattenrisse, in der Kuhle auf der anderen Seite vom Weg. Ein Mann liegt dort wie ich hier. Eine Frau sitzt auf ihm. Wie ein schwarzer Scherenschnitt in Bewegung. Sie stützt die Arme auf seine Schultern und dreht die Hüften. Er fasst nach oben in ihre Haare.

Das glaub ich jetzt nicht. Ich guck wieder in den Sternenhimmel. Hej – das glaubt mir keiner. Ich schau wieder hin. Er macht jetzt stoßende Bewegungen mit dem Unterleib. Es ist einfach unglaublich. Ich kann nicht mehr wegsehen. Ich lege den Kopf auf die Hand, ich mache die Augen zu Schlitzen. Jetzt bewegen sie sich langsamer. Aber sie bleiben immer verschränkt. Sie bilden ein feurig-schwarzes Dreieck aus ihren Körpern und ihren aufgestützten Armen. Durch sie hindurch sehe ich die Flammen vom Lagerfeuer. Sie bewegen sich vor einem Fleck aus Feuerschein. Was für eine einfache Logik der Perspektive aus dem Dunkel ins Licht! Daran haben sie wahrscheinlich in ihrer Lust nicht gedacht, dachten, mit dem allgemeinen Dunkel um sie herum ist es getan. Ach was, die haben gar nichts gedacht. Die waren einfach geil.

Das Dreieck löst sich immer noch nicht. Ein magisches Dreieck. Ausgerechnet diese komische Gottesdarstellung in Kirchen fällt mir ein, das Auge in einem Dreieck. Göttliche Macht in Geometrie. Ich fand diese Abbildung schon immer scheußlich. Und das Auge ohne einen Körper drumrum hat was von Horrorfilm.

Fast vor meiner Nase, höchstens zwei Meter weg stehen plötzlich Schuhe auf dem Sand. Ein Kerl. Halb spür ich, halb seh ich, wie er den Strand mit Blicken abscannt. Und mir wird klar, dass er mich nicht sieht, weil ich in Richtung Dunkel liege. Und dass er auf der anderen Seite sieht, was ich sehe. Er geht ein paar Schritte in Richtung Feuer. Dann legt er sich dort in die Kuhle. Da liegt er, wie ich hier liege. Beide schauen wir in die Feuerrichtung. Wir sehen. Und ich sehe, wie er seinen Gürtel öffnet und mit einer Hand rythmische Bewegungen beginnt. Das ist jetzt einfach nicht wahr, denke ich noch, das glaubt mir wirklich keiner. Das kann man nicht erfinden. Und ich wundere mich darüber, dass mich auch der Anblick des onanierenden Mannes fasziniert. Ein onanierendes Schattenbild vor dem magischen Feuerdreieck. Sie ist jetzt mit der Brust näher an seinen Körper gerückt. Ihr Haar berührt ihn jetzt. Ich habe ein lautloses Kichern in der Brust. Ich schaue weg und wieder hin. Ich schiebe die Hand unter den Gürtel. Da knirschen die hübschen Schuhe auf dem Sand, Chiaras Schuhe. Chiara, rufe ich leise. Sie dreht sich ins Dunkel, zu mir.

Dein Todesjahr fängt an

Dein Todesjahr fängt an, sich unauffällig einzureihen in die Zeitmasse. „Bei Papis Beerdigung", „im Sommer, als Papi gestorben ist", „bei dem Geburtstag nach Papis Beerdigung", Floskeln zur Orientierung in der Zeitmasse, welche Zeit, wessen Zeit? Je weiter mein Blick hinaus geht über das *gleich* oder das *morgen früh*, über die Momente, in denen das wirklich Wichtige passiert, je mehr ich versuche, *unsere* Zeit zu überschauen, um so kleiner schrumpft sie zusammen, zum Punkt, zum Fliegenschiss im Angesicht des Herrn. Wenn einer zu spät kommt, vielleicht eine halbe Stunde, dann bring ich das gern an: *ein Fliegenschiss im Angesicht des Herrn,* das lockert immer gut auf. Weißt Du noch, ja, das auch, das *weißt du noch,* also weißt du noch, du hast dich immer in ostpreußischer Mundart über ostpreußische Gemütlichkeit lustig gemacht – *wann ist unser Fritz geboren, ja, das war, als unsere Berta gekalbt hat,* und all die anderen Verknüpfungen im Menschengedächtnis. Aber das traf ja, das Kalb von der Berta war ein ganz guter Haltepunkt in der Erinnerung, um Vaters Tod oder Mutters Flucht oder sonstige Katastrophen in der großen Zeit auf den kleinen Zeitpunkt zu bringen.
Meine Zeit steht in deinen Händen steht am Kirchturm in Neustadt. Oft stelle ich mir diese Hände

vor, von einem Muster überzogen - wie eine Braille-Schrift, die Gestalt angenommen hat. Meine Zeit, deine Zeit, unser aller Zeiten in deinen Händen, in einer ganz großen Zeit, in die unser aller Zeiten hineinfallen, und mit ihnen auch der Augenblick, als deine mühsamen Atemzüge mit geöffnetem Mund aufhörten. Sie waren so lange immer weiter gegangen, so lange, Brust auf und ab. Der geöffnete Mund. Und dann der nächste, und dann kam der nächste und der nächste und der nächste und dann der nächste nicht mehr. Das war doch unnatürlich. Das war- Wir haben später darüber diskutiert, ob in dem Augenblick *etwas* passiert ist oder nichts. Eigentlich passiert nichts, wenn man nichts tut. Aber wenn man nicht atmet, passiert dann auch nichts? Ich habe so lange auf deinen Mund gestarrt, der immer noch geöffnet war und der trotzdem nichts machte. Und dann bist du ja auch noch mal zurückgekommen. Hast Luft geholt und wir haben gesungen und möglicherweise sind wir dir zu nah gerückt mit unseren Berührungen und unserer Aufregung, denn als wir uns beruhigten, hast du dann doch wieder einfach den nächsten Atemzug weggelassen und wieder den nächsten und den nächsten auch noch und da haben wir uns begnügt. Als hättest du uns vorgewarnt, oder uns noch mal angestoßen, dass wir nicht hier sitzen, um zu singen. Sondern dass wir etwas zu erwarten haben, dass du etwas vorhattest. He ihr, ich werde jetzt sterben. Es stimmt. Wir haben gewusst, dass du sterben würdest. Aber es fühlte sich nicht so an. Die vielen Stunden nicht, die es dauerte, war Feststimmung und dieses zittrige Gefühl von *es wird etwas geschehen*. Aber was war es, wenn Du doch einfach nur irgendwann nichts mehr gemacht hast? Sind wir auf dieses große *nichts mehr machen* schlecht vorbereitet? Kann man sich überhaupt vorbereiten?

Ich vermute, man kann nicht. Wenn man von den vielen Angstgebilden im Kopf absieht – wenn ich jetzt mit dem Auto ins Schleudern komme und hier durch das Brückengeländer breche und dann im Wasser versinke und dann das Wasser kalt ist und ich wieder wach werde und wenn ich dann noch eine Luftblase um meinen Kopf habe – aufhören zu denken. Das ist keine Vorbereitung. Das nicht.

Wenn ich im Februar durch den kalten Nebel ein Zwitschern höre wie mitten im Frühling, wenn es in der Markthalle nach *Allem* riecht und enn der Hund seine Schnauze in meine Hand stößt - das ist vielleicht eher Vorbereitung. Das alles kann sein, das alles. Ohne mich. Wahrscheinlich sehne ich mich nach Trost. Denn ich kann mich nicht vorbereiten. Für das Unfassbare gibt es keine Vorbereitung.

Dein Todesjahr ist noch nicht vorbei. Das heißt, ich habe es noch nicht losgelassen. Wenn ich es nenne, dann ist es schon eine Zahl, die letzte, nein vorletzte, nein vorvorletzte oder? Sicher, ich kann es benennen, das Jahr, so wie man Rot rot nennt. Aber ich weigere mich, das Jahr zu empfinden als einen Namen für Zeit, einen Namen für Zeit, die meine ist, von der ich komme, von der ich wissen müsste, zu welchem *Zeitpunkt* ich aus ihr gekommen bin, ist es denn nicht alles eins, bin ich da, bin ich jetzt da, wie ich vorher da war, dann bist du jetzt da...

Weißt du, dass ich mein Telefon mit der Pin programmiert hab, die deinen Geburtstag nennt? Es braucht ja nur vier Ziffern. Also Tag und   Monat. Jedesmal dein Geburtstag, jedesmal wirst du geboren. Stelle ich mir so vor. Ich schenke dir Leben. Bilde ich mir ein. Drei eins null sieben. Du lebst. Könnte doch sein.

Der Mann am Weg

Er

Der alte Mann wartet. Er heißt Xaver. Warum kommt sie nicht? Der Feierabendverkehr braust an ihm vorbei. Im Fahrtwind der großen Laster bauschen sich die Birkenzweige wie Vorhänge. Die Birken stehen zu beiden Seiten der Ausfallstraße. Sie kommen dem alten Mann jung vor. Jeden Tag wartet er an derselben Stelle dieser Allee auf eine Joggerin, steht zwischen den Birken wie eine von ihnen, fühlt die Säfte in sich aufsteigen und stellt sich vor, dass sein Blut grün ist. Die junge Frau kommt jeden Wochentag hier vorbei. Er weiß nichts über sie. Er mag die Kraft und Ausdauer ihrer Bewegungen, das Wippen ihrer Brüste und ihre starken Beine. Seit ein paar Tagen grüßen sie sich. Das heißt: Er hebt die rechte Hand ein bisschen an, während sie ihm ein lautes Hallo zuruft, das den Verkehrslärm übertönt. Lehrerinnen haben solche Stimmen, denkt er. Müssen laut werden können. Seine Stimme ist recht leise geworden, zeitweise nur ein Flüstern. Deswegen hat er auch im Kammerchor der Marienkirche aufgehört, schweren Herzens. Vor 30 Jahren war er Gründungsmitglied des Chores gewesen. Der neue Chorleiter sagte am Ende einer kurzen Laudatio, das Flüstern sei die Sprache der Dirigenten. Das sollte ein Scherz sein, Xaver hatte sich zu einem Lächeln gezwungen.

Wo bleibt sie? Ist etwas passiert? Er schüttelt den Kopf. Sie wird wohl einfach aufgehalten worden sein. Durch was? Durch wen? Sie ist hübsch. Bestimmt hat sie Verehrer. Doch, das kann man heute wieder sagen; neulich erst hat er das Wort im Radio gehört. Es steht für ein Mögen, leichte Schwärmerei – ohne Zudringlichkeit. Manchmal hat er sich vorgestellt sie anzusprechen, hat tagelang nach den richtigen Worten gesucht, die in der durch ihr Tempo vorgegebenen kurzen Zeitspanne eine maximale Wirkung auf sie erzielen würden. Er kann und will ja nicht hoffen, dass sie ihren Lauf unterbricht – seinetwegen. Schließlich hat er sich folgenden Satz zurecht gelegt: „Ich würde gern ein Stück mit Ihnen laufen, bis zum nächsten Baum." Das mit dem Baum hat er gleich wieder verworfen, damit wäre er sich wie ein Hund vorgekommen. Der Satz passt so bequem in drei Sekunden. Die Zeit hat er mehrfach gestoppt. Er hat sogar ausgerechnet, dass die Joggerin, wenn sie zum Beispiel halb so schnell laufen würde wie der Sieger des letzten Marathons, diesem Satz auf siebeneinhalb Metern ausgesetzt wäre.

Heute hat er sich Mut angetrunken, ein Gläschen Bärenfang – und eine halbe Tablette Madopar zusätzlich eingenommen, eine Dreiviertelstunde vor dem Zeitpunkt ihres Zusammentreffens, um das Beste aus seiner Stimme heraus zu holen. Er hat

Parkinson, seit 10 Jahren. Er darf gar nicht darüber nachdenken, was er da tut, wenn er so zwischen den Birken steht – jeder würde ihn für verrückt halten, er sich selbst auch.

Dabei ist das noch gar nichts gegen das Selbstexperiment, das ihn hierher geführt hat. Der alte Mann hatte sich in den Kopf gesetzt, wenigstens versuchsweise, sich so zu fühlen wie die Birken in der Allee. Jeden Tag eine Stunde an der Neuen Straße genau so zu stehen wie sie. Zeit hatte er ja genug. Aber dann, wenn er diese sich selbst gestellte Aufgabe tatsächlich gelöst haben würde: Wem würde das nützen – außer ihm selbst?

Aus einer Laune heraus stellte er sich vor, wie er eine Prüfung vor einem Komitee absolvieren würde, das ihn etwa so beurteilen würde: Der Prüfling hat zu unserer vollsten Zufriedenheit sich in eine Birke an der Neuen Straße, Ecke Dorfstraße hineinversetzt; hervorzuheben ist der feste Stand seiner Füße, die unverrückbar im Erdboden verwurzelt scheinen, das leichte Beben seiner Arme im Wind, der Blick, der nicht mehr den Horizont absucht, sondern sich mit sich selbst abfindet und für Freund und Feind, wie man so sagt, für Kohlmeise wie Borkenkäfer, gleichermaßen offen und einladend ist ... Der alte Mann malt sich aus, wie er sich mit einem solchen Diplom bewirbt, er, Xaver Berghoff, 60 Jahre alt, alleinstehend (wenn man von einer Katze absieht), hoffend.

Es war ein unerwartet heißer April-Tag, an dem sie sich zum ersten Mal begegneten. Im wolkenlosen Blau über ihm kreiste ein Bussard. Sein Gefieder leuchtete in der Nachmittagssonne. Xaver hatte sich gerade mit Mühe aus seiner dicken Tweedjacke heraus geschält und den Schweiß von der Stirn gewischt. Er versuchte, den Schrei des Bussards nachzuahmen. Bei ihm klang es wie das Miauen seiner Katze – die hat ein fuchsrotes Fell. Zu seinem Leidwesen jagt sie seine geliebten Spatzen aus dem Garten.

Ob die junge Frau, die jetzt gerade auf dem Fahrradweg an ihm vorbeigelaufen ist, seinen Schrei gehört hat? Verlegen guckt er ihr hinterher. Sie wendet den Kopf zu ihm zurück, er glaubt, in ihrem Gesicht ein Lächeln zu erkennen. Dann, im Weiterlaufen, sucht sie den Himmel nach dem Bussard ab. Der hat sich jedoch inzwischen fallen lassen und sitzt jetzt auf einem der Zaunpfähle an der großen Straße. Von dort aus fasst er den alten Mann ins Auge. Sein Blick scheint auszudrücken: So sieht ein Jäger aus, so und nicht anders.

Sie

Nach einem Jahr endlich begann sie sich einzuge-
wöhnen. Es war an einem diesigen Wintermorgen
gewesen, früh morgens auf der kleinen Birkenal-
lee, ihrer Laufstrecke. Sie waren kahl, die Birken,
aber im Nebel wirkten sie sehr filigran. Sie hatten
etwas von zierlichen scheuen Wesen – und plötzlich stieg ein Gefühl aus der Herzgegend in ihr auf
und formte sich zu dem Gedanken: hier lebe ich
jetzt. Das ist meine Heimat. Gleich darauf grinste
sie über sich selbst und blieb trippelnd an einer der
Fußgängerampeln stehen. Diese komischen Ampeln flankierten kleine Landwirtschaftsstraßen, die
durch die Birkenreihen hindurch von der Bundes-
straße abbogen und sich zwischen den Feldern verloren.

Sie hatte sich schon oft über die bloße Existenz
dieser Ampeln gewundert und sich von dem roten
Ampelmännchen nicht immer in ihrem Lauf bremsen lassen. Dann setzte sie ihren Weg in der von
jedem Motorengeräusch freien Stille einfach fort.
Im Frühling legte sie zunächst eine Laufpause ein,
weil sie allergisch auf Birkenpollen reagierte. Aber
sie blieb bei dieser Strecke. Der April war unge-
wöhnlich schön und warm, und als das volle Laub
der Birken schon zu einem Sichtschutz gegen die
Straße herangewachsen war, nahm sie das Laufen

wieder auf. Und eines Morgens nahm sie zum ersten mal den Mann wahr, der in der Nähe einer der Fußgängerampeln stand. Er stand nämlich nicht eigentlich an der Ampel, sondern etwas entfernt. Ungeachtet der roten und grünen Ampelphasen blieb er stehen. Ein kurzes altes Erschrecken in Erinnerung an einen Überfall durchzuckte sie schmerzhaft und sofort darauf ein Schrecken über den Schrecken – dass das immer noch in ihr lebte! Sie schüttelte sich kurz, trabte weiter, nachdem sie den Mann für einen Sekundenbruchteil fixiert hatte – Entwarnung, weiter laufen, signalisierten die Synapsen im Kopf, schneller als es ihr bewusst werden konnte.

Ein junger Mann hatte sie damals vom Fahrrad gerissen und mit den Worten „Schrei nicht sonst bring ich dich um" ins Gebüsch gestoßen. Faszinierend fand sie noch heute den kompletten Riss in ihrem Bewusstsein, der ihr vielleicht zwei oder drei Sekunden aus ihrer Erinnerung geschnitten hatte. Wie ein Kurzfilm standen unauslöschlich die zwei Bilder vor ihrem inneren Auge, die übergangslos aufeinander folgten. Erstes Bild: Der geht nicht weiter, der kommt auf mich zu, der greift nach meinen Armen, dieses Gesicht- Zweites Bild: Das nasse Herbstlaub, die gelben und braunen Eichenblätter direkt vor meiner Nase, ich liege auf dem Boden. Geräusche gab es in diesem Kurzfilm nicht. Gar nichts. Stille. Das Fahrrad war doch gefallen, da

40

waren doch Autos auf der Straße, und in dem nassen Gebüsch bewegt man sich auch nicht geräuschlos! Aber bis auf die Stimme des Mannes hatte sie nichts gehört.

Später, wenn sie von diesem schrecklichen Erlebnis erzählte, brauchte sie immer die Worte: Ich hab ihn wach gequatscht. Ja. Genau so war's. Und nie wieder soll mir jemand sagen, Schweigen ist Gold. Ich hab ihn wach gequatscht. Ich hab geredet – ich KONNTE Gott-sei-Dank reden – ich hab alle Worte eingesetzt, von denen mein Instinkt mir sagte, sie werden ihn irgendwie irgendwo erreichen, habe beruhigt, habe Fragen gestellt, habe Komplimente gemacht, Vorschläge, nur weiter reden, weiter reden, so lange ich rede, ist Pause für ihn und Leben für mich. Und es hat geklappt! Er hat von mir abgelassen. Abgesprungene Knöpfe, zerbrochene Brille, Hämatome an den Schienbeinen – was war das schon. Kein Geräusch. Kein Gefühl. Nichts. Er HATTE sie nicht umgebracht – und auch nicht vergewaltigt!

Nur: einen Mann, der einfach an einem einsamen Weg herumstand, das blieb für viele Jahre ein Auslöser für die gleiche Panik, die sie damals gefühlt hatte. Mann am Weg, Mann in der Telefonzelle, Mann im Fahrstuhl – alles Auslöser für einen Ausbruch pathologischen Fluchtverhaltens. Sie war so froh und glücklich, dass das vorbei war. Und genau deshalb erschrak sie vor ihrem Schrecken. Aber echte oder scheinbare Bedrohungen genau anschauen – das half. Das hatte sie gelernt. Und sie sah genau hin, öfter, mutiger, offener. Und inzwischen waren ihre Begegnungen mit dem Mann an der Straße beinah zur Gewohnheit geworden. Es kam sogar vor, dass ihr seine Abwesenheit an der Laufstrecke auffiel und sie kurz nach ihm Ausschau hielt.

Wann sie sich das erste Mal gegrüßt hatten - sie erinnerte sich deshalb, weil sie im gleichen Augenblick oder einen kurzen Augenblick später den Schrei eines Raubvogels gehört hatte. Sie hatte kurz über das Feld zu ihrer Linken und zum Himmel geschaut, aber keinen gesehen. Eine Täuschung vielleicht, dachte sie, sah sich zu dem Mann um und erschrak wieder ein wenig darüber, dass er ihr im gleichen Moment nachschaute.

Nach Wochen war die Laufbegegnung mit dem Mann am Weg vertrautes Ritual geworden. Mit einem Kopfnicken hatte es angefangen, mit einem „Hallo" war es weiter gegangen. Er gehörte jetzt dazu. Auch seine Schweigsamkeit. Sie grüßte wie überall mit einem lauten Hallo. Er hob, wenn er sie sah, die Hand. Seine Stimme kannte sie nicht.

Er

Die drei Mädchen aus der Dorfstraße hatten ihn mehrfach bis an die Grenze seiner Geduld getriezt. Ihn einmal so lange umtanzt und mit Zweigen nach ihm gestochert, dass er sein Experiment abbrechen musste, um es ihnen zu erklären. Sie versuchten, es zu spielen, doch nur wenige Minuten – dann wurde es ihnen langweilig.

Wie sind sie nur auf das Spiel mit der Fußgängerampel verfallen? Das Ampelwärterinnenspiel? Sie sind gerade dabei – an der Kreuzung der Dorfstraße und der Neuen Straße. Es geht darum, den Ampelknopf so rechtzeitig zu drücken, dass Spaziergänger, Jogger und Radfahrer zügig über die Ausfallstraße kommen, dass sie ihr Tempo auch nicht im Geringsten verlangsamen müssen. Hat sein Birkenspiel die drei unterfordert, so ist dieses Spiel sicher eine Überforderung für die Mädchen. Wie soll ihnen gelingen, Fußgänger und Radfahrer einerseits, Autos, Motorräder und Lkws andererseits unter einen Hut zu bringen, fragt sich Xaver – und beschließt, ein Auge auf sie zu haben. Eher zwei.

Er ist der erste, der die schwere BMW sieht – wenn man nicht mit dem Bussard rechnet, der hoch über allen seine ewigen Kreise zieht. Den Mädchen ist die Sicht auf das Motorrad durch einen riesigen Laster genommen – gerade in dem Moment, in dem sie den Knopf für die junge Joggerin drücken.

Da ist sie ja, durchfährt es den alten Mann freudig - und dann mit Schrecken! Von seinem Standort auf der anderen Seite der Neuen Straße überschaut er alles: Wie der Lastwagenfahrer auf die Bremse steigt, den Koloss noch eben in den Stand zwingt, vor dem Zebrastreifen, wobei das Führerhaus schwankt wie der mächtige Kopf eines Bisons. Wie die junge Frau weiter läuft, sich auf die Ampel verlässt und auf die Augen der Mädchen. Aber die BMW! Die Maschine hat bereits zum Überholen des Lasters angesetzt, das Vorderrad hebt ab wie zum Sprung. Sie kann nicht mehr bremsen! Die Joggerin läuft, guckt in seine, in Xavers Richtung.

Das ist die Rettung! Der alte Mann sieht alles gleichzeitig. Das Ungetüm von Lkw – still. Die Schreckstarre der drei Mädchen. Das gefährliche Aufblitzen der BMW, er hört ihr warnendes Knurren. Das müsste die junge Frau doch auch hören – Gott, lass es sie hören! Aber sie läuft weiter, winkt ihm zu, setzt ihren Sportschuh auf den ersten Zebrastreifen …

Da reißt es Xaver die Arme hoch, lässt ihn alle Kraft in seine Stimme packen. Seit Jahren hat er, der Flüsterer, nicht so gebrüllt: „HAAALT!" - Die junge Frau wirft sich mitten im Lauf zurück. Xaver meint zu spüren, wie die Kielwelle aus Heißluft sie versengt – doch da ist die schwere Maschine schon an ihr vorbei.

Der alte Mann hält noch beide Arme hoch, als wolle er auf immer ein Warnsignal für die Joggerin bleiben – da steht sie bereits vor ihm und nimmt behutsam seine Hände in ihre und legt seine Arme zu beiden Seiten an seinen Körper. Wie dürr der ist! Ihr kommen die Tränen. „Danke! Danke!" stößt sie hervor. „Ich konnte es doch nicht sehen, das Motorrad!" - „Aber ich", sagt Xaver, wieder mit leiser Stimme, so dass sie sich unwillkürlich ganz nah an ihn heranstellt. Er legt eine Hand auf ihre Schulter, fühlt das schweißnasse T-Shirt. Sie neigt ihren Kopf zur Seite, so dass er einen Augenblick fast auf der Hand des alten Mannes ruht, schaut ihn an: „Ich muss weiter … wir sehen uns ja jeden Tag", zögert, setzt dann hinzu: „So Gott will …", hält plötzlich ihre Hand vor den Mund, als habe sie etwas Ungehöriges geäußert – oder etwas ganz und gar nicht Selbstverständliches. Sie blickt nach oben: „ Ob der uns sieht?" - „Gott?" flüstert Xaver. - „Nein, der Bussard da!" sagt sie fast so leise wie er. Als könne der Bussard sie verstehen. - Xaver antwortet: „Beide." - „Sicher?" Sie versucht, die Worte in seinem Gesicht nachzulesen. - „Ganz sicher." Xavers Stimme klingt wieder fest. - „Gut. Also bis morgen!" Sie läuft los.

„Übrigens, Ihre Stimme!", ruft sie, nachdem sie schon ein Stück Weg zurückgelegt hat. „Männerstimmen werden überall gesucht … aber Sie sind ja bestimmt in einem Chor." - „Und Sie?", fragt Xaver. Aber die junge Frau hat sich inzwischen so weit von ihm entfernt – und seine Stimme ist wieder so leise geworden, beinah verzagt, dass sie ihn nicht mehr hört.

Nur mit größter Anstrengung versenkt er sich wieder ins Birken-Dasein, hat auf einmal Mühe, damit zurecht zu kommen. Aber: Sollte er nicht noch ein Wort mit den drei Mädchen reden? Sie kommen gerade auf ihn zu. Und auch mit dem Motorradfahrer, der seine Maschine am Weidezaun jenseits der Straße abgestellt hat und zu ihm rüber guckt. Und was wird aus dem Satz, den er sich so schön zurechtgelegt hat, um die junge Frau anzusprechen? Nein, der Mann beschließt, dass er sich nicht mehr zurückziehen will. Und der Beschluss wird zu einem guten Gefühl, zum besten seit langem.

Xaver sucht den Bussard am Himmel, da ist er nicht mehr. Schließlich entdeckt er ihn wieder auf einem Zaunpfahl, ganz in seiner Nähe, als hätte der sich zu ihm gesetzt, der ewige Jäger. Ihre Blicke kreuzen sich.

Da hört er schon die aufgeregten Stimmen der drei Mädchen: „Sie haben doch alles gesehen, oder?" - „Ja", erwidert der alte Mann. „Ich habe alles gesehen. Wir müssen darüber reden!" Halb spricht er noch zu sich selbst, halb zu den Mädchen und dem Motorradfahrer, der langsam auf ihn zu geht. Er wünschte, die junge Frau wäre hier, an seiner Seite. Eigentlich nur das.

Sie
Sie saß mit einem Kaffee am Fenster und grübelte über ihre Situation. Ein neu begonnenes Leben, ein neuer Ort, und nun dachte sie über einen Mann nach, der immer an der Straße stand. „Skurril", sagte sie zu sich selbst. Und: „Er hat sich in mein Leben rein geschrien."
Passiert war Folgendes: Als sie sich schon lange an die Laufstrecke gewöhnt hatte, zu sehr gewöhnt vielleicht, zu sehr, um noch vorsichtig zu sein, da war sie beinah von einem Motorrad überfahren worden. Wenn der Mann nicht geschrien hätte. Er hatte sie gerettet. Und seitdem dachte sie oft an ihn.
Sie hatte sich bislang überhaupt nichts gedacht bei dieser Erscheinung, diesem Mann am Weg. Jetzt hatte die Begegnung eine andere Bedeutung bekommen. Bedeutung. Sie lächelte in ihre Kaffeetasse. Ach, wie sehr hatte das Wort „Bedeutung" an Bedeutung verloren... Sterndeuter, auf etwas deuten, deutlich... . Im Spiel mit Worten lag vielleicht die Bedeutung, die sie selbst oft vermissen ließen.

Zu lange hatte sie in den Brüchen in ihrem Leben, vor allem in dem letzten großen Bruch einen Sinn gesucht. Bis alle Gedanken gedacht, alle Tränen geweint waren, bis das Annehmen Platz bekam. Ich weiß nicht, was soll es bedeuten...

Seine Hand auf ihrer Schulter hatte gut getan. Und verwundert hatte sie zur Kenntnis genommen, dass er gar nicht so alt aussah, wie er aus der Entfernung wirkte. Marlene, ihre esoterische Freundin, hätte ihn garantiert für ihren Engel gehalten und sich kein bisschen gewundert, wenn er plötzlich nicht mehr da gewesen wäre – Engelspflicht erfüllt sozusagen. Tja, er war aber noch da. Und ihr tägliches „Hallo" und seine erhobene Hand hatten sich verändert. „Weiß auch nicht wie", dachte sie, aber irgendwie war es anders geworden. Immer wenn sie sich jetzt begegneten, waren in den Gesten und Worten noch andere Dinge enthalten: Rufe und Fragen, Unsicherheiten und Lächeln. „Ich weiß nicht, was soll es bedeuten...", dachte sie und erinnerte sich an seine Hand auf der Schulter und das überraschend junge Gesicht.

„Elsi!" Ihr Sohn Max stand in der Tür und hielt eine leere Sporttasche in der Hand. „Es ist nichts mehr da!" Er hielt ihr die Tasche hin und klang weinerlich und vorwurfsvoll. „Sicher ist es da – vielleicht nicht da, wo du's gerne hättest." „Mensch Elsi, ich muss doch heute zum Training, das wusstest du doch!" „Du auch. Wenn Du Wäsche aufgehängt hast, dann ist sie jetzt auch trocken."

Max stieß ein empört klingendes Pusten aus und ging. „Und nenn mich nicht immer Elsi!", rief sie durch die geschlossene Tür.

Das, so dachte sie, gehört auch zu meinem neuen Leben dazu: Ich will nicht gebraucht werden!

Das fiel ihr schwer, manchmal war ihr Max ja noch so ein Baby... aber trotzdem – Schluss mit dem Muttern. Ich bin eine Frau, eine nicht junge Frau, ich bin allein, ich gucke aus dem Fenster in einen schönen Garten, gut, nicht ganz allein, aber irgendwie doch... Und da wusste sie plötzlich, was sich seit der „Rettung" verändert hatte: Sie fühlte wieder, wie allein sie war. Dabei war sie so froh gewesen, dass sie sich nach all der Angst vor dem Alleinsein eben NICHT allein gefühlt hatte, dass sie auf einer Welle von Freiheit und Lebensfreude aus ihrem Tief herauf gestiegen war und langsam und stetig in ein neues Leben gerutscht war, wie ein Segelflug kam es ihr vor, das Zurücklegen einer großen Entfernung und eine überraschend sanfte Landung. Alles war eben und leicht geworden. Und jetzt war da seit Jahren zum ersten Mal wieder ein Mensch, über den sie nachdenken musste. Ungewohnt war das, schwer und voller beunruhigender Fragen.

Sie spürte eine alte Schwere, eine Erinnerung an das hektische und verstörende Suchen, das sie in den letzten Jahren ihrer Ehe umgetrieben hatte. Such nicht, such nicht, sagte sie sich, mein Mantra soll sein: Such nicht.

Sie fühlte sich etwas erleichtert, als sie aufstand und die Tasse in die Spüle stellte. Im Umdrehen rutschte sie heftig mit einem Fuß nach vorn, verlor das Gleichgewicht, kämpfte mit dem anderen Bein um Haltung, bis das Knie gegen ihren Druck nachgab, seitlich wegrutschte, und sie mit einem Schrei auf dem Küchenboden landete. „Verdammte Scheiße!". Vor Schmerzen schossen ihr die Tränen in den Augen. Langsam zog sie das verdrehte Bein aus der seltsamen Grätsche zurück. Der Schmerz war kaum auszuhalten. Das blöde Telefon lag unerreichbar auf dem Tisch. Und während sie stöhnend über den Boden rutschte, dachte sie: Was das Motorrad nicht geschafft hat, schaff ich ganz allein. Und dann weinte sie los.

Er

Ein paar Tage danach kommt der alte Mann überhaupt nicht zur Ruhe. Wo bleibt sie? So spät ist sie noch nie gekommen! Da hält es ihn nicht mehr in der Reihe der Birken. Da reißt er sich mit einem Ruck heraus aus seiner Parkinsonschen Erstarrung, läuft, ja läuft den Fahrradweg auf und ab, hebt seine Füße hoch.

Und was ist das? Was will der Junge auf dem Moped? Steht da vor der Fußgängerampel auf der Dorfstraße. Verpasst eine Grünphase nach der anderen. Weil er zu ihm, Xaver, hinguckt. Und wieso hat er den Helm abgenommen? Lehnt jetzt sein Moped an eine der Birken, kommt auf den alten Mann zu. Was will der Junge von ihm? Wie er sich in Trab setzt, lässig. Wo hat er das schon mal gesehen? Auf einmal hat Xaver das Bild der Joggerin vor Augen. Ja, das ist es! Ihr Sohn. Könnte ihr Sohn sein.

Er hat den gleichen Mund wie sie, denkt der alte Mann, als der Junge vor ihm steht. Warum öffnet er ihn nur einen Spalt weit, wenn er spricht? Schüchternheit? Nein, er lispelt – und Xaver ahnt eine Zahnklammer in der schmalen Mundöffnung: „Sie müssen der Mann sein, der meiner Mutter das Leben gerettet hat." Das klingt wie eine vorsichtige Frage. Xaver überlegt kurz, ob er den Jungen duzen oder siezen soll. Wenn er ein Moped hat, muss er mindestens 15 sein – es sei denn, er fährt ohne Führerschein. Aber er sieht älter aus als 15. Xaver entscheidet sich für Sie. „Hat Ihre Mutter Sie hierher geschickt, um mir das zu sagen?" – „Ja, nein ..." – Nervös kommt ihm der Junge vor – und er versucht, seine ganze Wärme in seine Stimme zu legen: „Ist Ihre Mutter heute verhindert – und hat Ihnen aufgetragen, mir diese Botschaft zu bringen, damit ich nicht umsonst auf sie warte? Ist es das?" – Der Junge nickt: „Sie ist gestürzt. Hat ein Bein ganz verdreht, tut sauweh. – „Auf dem Moped?" – „Nein!" Plötzlich lacht der Junge: „Selbst, wenn das mit dem Bein nicht wäre – sind Sie schon mal Moped gefahren mit ihrer Mutter hintendrauf?" – „Nein, wir hatten kein Moped, damals." – „Aber Sie können sich vielleicht vorstellen, dass es ..." der Junge macht eine Pause, – „nervt?" beendet Xaver den Satz. – „Ja." Jetzt wirkt der Junge gelöst, sagt, sie würde bestimmt zum Arzt fahren, mit dem Taxi, nicht auf dem Moped, wenn es schlimmer wird, aber erst versucht sie es mit Salben und Ruhe. Eigentlich ist seine Mutter ganz tough. Aber jedenfalls soll er, Xaver, zuerst von ihrem Unfall erfahren, damit er nicht ihretwegen ... Der alte Mann spürt, wie eine lange nicht mehr erlebte Freude in ihm aufsteigt. „So was ..." murmelt er vor sich hin. „So was:"

„Entschuldigen Sie!" reißt ihn die Stimme des Jungen aus seinen Gedanken. „Ist es wahr, dass Sie mit einem Bussard sprechen?" – „Was? Wer sagt so was?" – „Meine Mutter!" – Der alte Mann erinnert sich an ihre erste flüchtige Begegnung, ein Zittern durchfährt ihn. „Ja, manchmal ...", antwortet er, ohne den Jungen anzusehen. Der hat den Himmel abgesucht, fragt: „Ist er heute nicht da?" – „Doch!" erwidert Xaver. – Der Junge guckt noch mal hoch:

„Wo?" – „Da!" Der alte Mann senkt die Stimme: „Hinter Ihnen! Aber drehen Sie sich langsam um! Er ist scheu!" – Der Junge ändert seine Position so langsam, als müsse er einen Bewegungsmelder austricksen. Als er den Bussard zu Gesicht bekommt, kann er ein „Wow" nicht unterdrücken: Er sitzt auf der Lenkstange seines Mopeds. Als wolle er damit losfahren. Oder fliegen.

„Ob der Bussard an irgendwas gemerkt hat, dass ich ein Praktikum im Falkenhof mache?" fragt der Junge den alten Mann. – Der zieht die Schultern hoch: „Warum nicht? Was ist da Ihre Aufgabe?" – „Ich bin auf einer Außenstation, wo zahme Raubvögel ausgewildert werden. Da horcht Xaver auf: „Sagen Sie das Wort noch mal!" – „Auswilderung, so heißt es, das kann Wochen bis Monate dauern. In der Zeit können die Greife immer wieder zu Hause unterschlupfen, wenn sie Schutz brauchen.." – „ Das ist ein tolles Wort, Auswilderung! Könnte man auch auf heranwachsende Menschen anwenden. Das betrifft Sie doch gerade jetzt, oder nicht?" – Der Junge sieht Xaver fragend an: „Kann sein ... keine Ahnung ... aber ... wie ist es mit Ihnen? Sollten Sie nicht endlich mal frei gestellt sein von so einer Auswilderung ... in ihrem ..?" – „Alter ... sagen Sie es ruhig", sagt der Mann. „Das hab ich auch lange gedacht ... doch jetzt ... bin ich ... ich weiß nicht ..." Er sieht in Gedanken die junge Frau an sich vorbeiziehen, riecht ihren Schweiß, hört das feine Blättergeriesel der Birken,wenn der Wind ihre Vorhänge hoch hebt und den Blick auf ihre leuchtend weißen Stämme frei gibt – die ganze furchtbare Schönheit der Welt, in der er lebt.

Unvermittelt fragt Xaver den Jungen: „Was für Blumen würden Ihrer Mutter gefallen?" – Die Antwort kommt sofort: „Alle, die nicht die Köpfe hängen lassen – das sagt sie immer." – „Nehmen Sie mich mit bis zu Königs? Das ist das große Blumengeschäft am Anfang der Neuen Straße." – Der Junge nickt. „Es gibt nur ein Problem: Ich habe keinen zweiten Helm." – Der alte Mann zögert, sagt dann: „Trotzdem. Ich möchte mit Ihnen fahren. Wird schon nichts passieren!" Er hat das Gefühl, bereits mehrfach über seinen Schatten gesprungen zu sein. Als der Junge mit ihm losfährt, kommt es ihm viel zu schnell vor. Er krallt sich an ihn, spürt den kräftigen Rücken dieses unbekannten jungen Fahrers – dem kann er sich anvertrauen. Er beginnt, die Fahrt zu genießen, blinzelt in den vorbei rasenden Streifen Landschaft: Die grünen Tuschel, sind das die Birken? Wie hat er sich nur in eine von ihnen hineinversetzen können?

Sie

Draußen war es richtig sommerlich geworden.

Sie hatte am Ende doch eine Manschette um ihr Bein bekommen. Bänderriss. Vier Wochen lang Ruhe. Das Herumliegen und -sitzen hatte sie richtiggehend mürbe gemacht. Welche Erleichterung an diesem Morgen!

Ich trete hinaus in den Garten, dachte sie, jawohl, ich geh nicht einfach raus, ich „trete hinaus". Genau so fühlte es sich an. Seht her Rosenbüsche, hier bin ich! Zaun, guck mich an, ich komme! Guckt mich an! Die gedachten Worte klangen nach. Sie senkte ihren Blick auf ihre Füße, diese Füße, die jetzt wochenlang nutzlos gewesen waren. Guck mich an – jetzt schlugen die Worte zu! Sie brach in Tränen aus. Niemand schaut mich an! Das war das Gefühl, das so lange dumpf in ihr gebrütet und geschmerzt hatte und das sich plötzlich eine Bahn in einem Wort brach! Niemand schaut mich an, sagte sie. Laut. Dann ging sie langsam um die Ecke, an ihrer Haustür vorbei, umrundete das ganze Haus. Ein Blick in die blühenden Büsche, auf die bröckelige untere Terrassenstufe, den Löwenzahn in den Steinritzen, auf die Katze, die zusammengerollt in einer alten Tonschale schlief, über den Rasen, der gemäht werden müsste, die noch ungeernteten Salatpflanzen, die bald ausschießen würden, hoch in den Apfelbaum mit seinen kleinen sauren Früchten.

Noch eine Runde um das Haus. Dann beschloss sie, ihre Laufrunde wenigstens zu „gehen".

Als sie das Gartentor hinter sich schloss, kam leichter Wind auf. Dann hörte sie ihn, den Bussard. Sie schaute zum Himmel und fühlte Dankbarkeit. Dass du dich jetzt wieder hören lässt... dass du jetzt kommst, sagte sie lautlos zu dem Tier hinauf in den Himmel. Sie verfiel in einen rhythmischen Gang, mehr als Gehen, weniger als Laufen. Sie ging wie auf einer Zahnradbahn. Wie die Mittelspurfahrer auf der Autobahn, die kein rechts und links kannten, über die sie so oft schimpfte. Jetzt war sie selbst so ein Mittelspurfahrer, Mittelspurgänger. Das Zahnrad schnurrte. Und der Weg lag so klar vor ihr.

Er

Es gibt drei Möglichkeiten, auf einen Konflikt zu reagieren: Erstens: sich stellen, zweitens: flüchten – und drittens: sich tot stellen.

Schon in seiner Studentenzeit hatte Xaver erlebt, dass er in bedrohlichen Situationen zitterte, kein Wort hervorbrachte, kein Sterbenswörtchen, zu keiner Regung fähig schien und seinen vielleicht nur vermeintlichen Gegner ausdruckslos anstarrte, ja, sich mit seinen Augen wie mit Saugnäpfen an dessen Gesicht fest sog. Alle Muskeln waren angespannt – wie zu einem Sprung, aber der Sprung fand nicht statt.

Xavers These war, dass aus diesem Sich-tot-stellen, diesem Nichtreagieren sich allmählich die Parkinsonsche Krankheit entwickelt hatte, mit ihren organischen Hirnveränderungen. Ja, so musste es gewesen sein. Die Krankheit schien ihm schon lange die logische Folge seiner Unfähigkeit zu sein, sich mit anderen Menschen auseinander zu setzen. Jetzt hatte er sie – die folgerichtige Krankheit. Und was er schon immer gescheut hatte, jetzt scheute er es mit Konsequenz. Und zog die Birken den Menschen vor. Unsinn, schimpfte er zu sich selbst. Das ist ja Wahnsinn. Und doch – faszinierten die Bäume ihn nicht so wegen seiner Ähnlichkeit mit ihm selbst? Waren sie einander nicht mit feinsten sensorischen Fäden verbunden, sie, die Lebendigen, die die Kraft hatten, den Menschen Luft zum Atmen zu geben, aber fest verwurzelt nicht von der Stelle wichen? Sie äußerten sich nie. Sie hielten still und konnten so niemals in Konflikte geraten. Ja so war es.

Streiten, das hatte er nie gekonnt. Xaver hatte Streit immer als etwas Bedrohliches empfunden, das Lautwerden der Stimmen war ihm entsetzlich. Die donnernden Sätze schienen ungehindert in ihn zu dringen, keine Möglichkeit der Abwehr! Eine laut ausgesprochene Frage konnte ihn durchbohren. Wenn es ein Schulfach „Streiten" gegeben hätte, ob dann in einer seiner Stunden Xavers Erstarrung aufgefallen und besprochen worden wäre, vor der ganzen Klasse? Dann: Warum nicht? Rückblickend erschien ihm auch der ruhige und harmonische Fluss seiner Ehe eher als ein endloses ängstliches Stillhalten. Alle Gemeinsamkeiten eine Garantie für Ruhe. Nicht von der Stelle weichen. Wie in einem tobenden unverständlichen Meer. Jeder Schritt kann da zum tödlichen Sturz führen. Fortgerissen werden. Untergehen. Und als er ihn gewagt hat, den Schritt, ist es ja genau so gekommen.

Und jetzt?

Er riss ein Fenster regelrecht auf, ihm war, als wäre nicht mehr genug Luft im Zimmer. Die Spätsommerluft drang herein. Ach, was trug sie nicht immer alles mit sich. Altbekannt. Und doch immer wieder betörend. Die Sehnsucht. Das Meer. Das Versprechen auf Herbst und Winter. Da sah er den Bussard. Hatte er nicht geschrien? Ja, er schrie! Noch einmal. Und noch einmal! Wie an diesem schönen Apriltag. Diesem Tag, seitdem alles anders war. ALLES ANDERS! Du Idiot! Xaver, du Idiot!

Ein Jubeln durchfuhr ihn! Worte, die, ja, jubelten: „Ich habe nichts zu verlieren!" Jawohl, gar nichts! Hört zu, ihr Lieben: Monsieur Birke wird sich ein wenig die Füße vertreten! Jawohl!

Xaver zog seine Jacke an.

Der Nachbar

Als ich ihn das erste Mal sah, war er ausgesprochen höflich und zuvorkommend. Es war eine leise, eilfertige Höflichkeit.

Er trug meine Koffer in den 3. Stock, trug sie bis in ihr Bestimmungszimmer, fragte mich, ob er mir helfen könne, probierte einen herumliegenden Türschlüssel an sämtlichen Zimmertüren aus, erklärte schnell, leise und wenig verständlich, aus welchen Gründen (ich habe sie vergessen) dieser Schlüssel nicht passen könne und schlug eine Lösung vor (die ich auch vergessen habe), was nun zu tun sei – gerade als ob ein bestimmungsloser Schlüssel in meiner leeren und noch unbewohnten Wohnung von irgendeiner Wichtigkeit sei.

So oft ich ihn weiterhin sah, war er von dieser leisen, etwas zerfahrenen Geschäftigkeit und erst jetzt fällt mir die Ähnlichkeit mit seinem kleinen Sohn auf, der schon damals, vierjährig, durch die Eigenart bestürzte, beim Reden, insbesondere, wenn es an eine bestimmte Person gerichtet war, mit dem Blick auf den Boden gerichtet, hektisch vor der angeredeten Person hin- und herzulaufen. Genaugenommen war er, wie er auf meine Frage antwortete ‚deidei-viertel', noch nicht vier.

Inzwischen, siebenjährig, kann der Kleine gut artikuliert sprechen. Die Mutter ist Studentin, arbeitet gerade an ihrer Promotion, der Vater ist ‚freischaffend‘, wie man so sagt. Er ist meist zu Hause, hin und wieder hört man seine Schreibmaschine, im Sommer sitzt er auf einem unbequemen Drahtstuhl im Garten und liest stapelweise Zeitungen.

Unser Nachbar hat zwei Briefkästen, wir und die anderen Mitbewohner des Hauses jeweils nur einen. Er braucht ihn, denn er bekommt sehr viele Büchersendungen. Bücher nehmen einen großen Platz in seinem Leben ein, nicht nur im übertragenen Sinn. Im Keller: vier (oder mehr?) Regale bis unter die Decke doppelreihig voll. Im Wohnzimmer ebenso.

An diesem zweiten Briefkasten übrigens steht nicht Peter Hoffmann, wie an seinem ersten, sondern Peter J. Hoffmann. Wie John F. Kennedy, sagte ich. Mein Freund sagte: Der eine verschönt sich seinen Namen mit einem Dr., der andere mit einem J. Das war gemein, ich weiß. Mein Freund nennt den Nachbarn seitdem nur Peter J.

Zurück zu den Büchern: Als wir uns einmal zufällig im Keller trafen, zeigte er mir die Bücherregale und gab einen kurzen Überblick über sein Ordnungssystem. Manchmal schenkt er mir seitdem eine Handvoll Taschenbücher, die er wahrscheinlich doppelt hat, was ich aber trotzdem sehr nett finde. Natürlich steht nicht nur sein Wohnzimmer voller Bücher, sondern auch ‚Vaters Zimmer' und ‚Mutters Zimmer' (so der Sohn). Außerdem befinden sich in diesen beiden Zimmern noch je ein Arbeitsplatz und je ein weißes schmales Bett. In der Diele gibt es einen Gemäldeschrank, ebenso Originalgemälde an den Wänden. Für einen bekannten Graphiker hat unser Nachbar schon eine Ausstellung aus seinem Privatbesitz veranstaltet. Dann gibt es hier und da noch ein paar dezent platzierte, aber ausgefallene Mitbringsel aus fernen Ländern.

Unser Nachbar fährt beinah jährlich allein nach Griechenland. Dazu lässt er sich die Haare zu einem Igel schneiden. Wenn er aus dem Urlaub zurück ist, sieht man seine braunbgebrannte Kopfhaut durch die Haare scheinen, wenn er unten im Garten seine Zeitungen liest.

Im Wohnzimmer unseres Nachbarn ist es meist kalt. Wenn Besuch kommt, wird er sofort in dieses Zimmer geführt, auch wenn er nur einen Satz zu sagen hat.

Wir tauschten Nachbarschaftsbesuche. Das war zu der Zeit, als der Sohn noch nicht richtig sprach. Er verschliff alle Laute derartig, dass ihn meist nur die Mutter und der Vater verstanden. Aber er sagte fehlerfrei und deutlich ‚Reichsdeputationshauptschluss'. Sein Vater fand das lustig, d.h. er machte sich darüber lustig, wohl um seinen Stolz zu verbergen. Diese kleinen ironischen Kommentare kann er sehr gekonnt diskret und ganz beiläufig streuen. Es ist schwer, ihn bei einer Meinung zu erwischen. Den ‚Herrenabend' beispielsweise bei Prof. A., der an der Uni so bekannt wie unbeliebt ist besucht er regelmäßig. Sein Kommentar: „Ich wollte mal sehen, wie sowas aussieht, ein Herrenabend." Dass bei der Tagung in Rio im Taxi der Schriftsteller K. neben ihm gesessen hat, dass er die Wohnungstür lieber offen läßt, weil gleich die Rundfunkanstalten A und B anrufen, werden, um eine Buchkritik anzufordern, weiß er ebenso geschickt und leise in das Gespräch zwischen Tür und Angel einzuflechten wie Details aus dem Privatleben des Schauspielers S..

Unser Nachbar war früher schon einmal verheiratet, worüber wirklich so gar nicht geredet wird, dass es einem nur einfällt, wenn man darüber nachdenkt. Seine Frau ist ein junger, starker Mensch. Über Hundekot, die Biene Maja und andere Kinderfeindlichkeiten ärgert sie sich. Sie hat ihr Studium mit ‚ausgezeichnet' absolviert und ihre Doktorarbeit beinah abgeschlossen. Ein Kind wollte sie eigentlich nie. Aber auf richtige Erziehung legt sie nun doch wert. Playmobil und Mickymaus kennt der Sohn nicht. Dafür hat er ein Bilderbuch von einem der Familie befreundeten Schriftsteller und empfiehlt an seine Kindergartenfreunde Ausstellungen des Museums weiter, was zu Verwirrung und Heiterkeit aller Beteiligten – auch der Eltern – führt. Der Kleine spricht übrigens, abgesehen von der blicklosen Hin- und Herlauferei in dem väterlichen Ton ausgesuchter Höflichkeit. („Würdest du mir bitte dieses Klötzchen da wieder hinstellen?") Unser Nachbar sagt: „Jaja, unser Leben hat sich durch ihn schon verändert." Bei kleinen Besuchen führt er alles, was mit dem Kleinen zusammenhängt, vor. Seine Holzeisenbahn, die frühen Versuche, mit bunten Linien einen Brief zu schreiben. Bei diesen Anlässen erliegt unser Nachbar auch fast immer der Täuschung der meisten Menschen, dass man einem Arzt (der mein Freund ist) kleine und größere Anekdoten aus seinem Krankheitsleben erzählen könne und müsse, weil diese ihn (den Arzt) interessierten. So zum Beispiel die lustige Geschichte von seinem Hausarzt, der vergeblich versucht hatte, den Auslöser bestimmter Symptome (ich erinnere mich nicht mehr, welche es waren) zu ergründen, der dann über seinen Brillenrand geguckt habe – unser Nachbar rückt die Brille auf die Nasenspitze – und gesagt habe: „Und wie ist es mit dem Sexuellen?" Die Anwesenden lachten. Ich erinnere mich, dass ich nicht mitlachen konnte.

Im Winter schaufelt unser Nachbar den Schnee vom Bürgersteig. Dann sehe ich manchmal seine hohen Pantoffeln mit Reißverschluss vor der Wohnungstür stehen und ich denke: Opaschuhe.

Einmal sagte ich, dass mein Vater den gleichen Bart habe wie er. Das fasste er als Anspielung auf sein Alter auf und machte eine ironische Bemerkung. Ich entschuldigte mich, denn so hatte ich es tatsächlich nicht gemeint. Ich finde ihn nicht alt. Er wirkte seitdem eine Zeitlang ein wenig beleidigt.

Momentan sehe ich unseren Nachbarn nicht mehr oft. Manchmal glaube ich, wir haben uns seinen Unwillen zugezogen, weil wir die Haustür nicht pünktlich abschließen, und Freunde, die um 22 Uhr beim Verlassen des Hauses vor verschlossener Tür standen, schon öfters lautstark durch das Treppenhaus verkündeten, dass sie auch so einen Nachbarn hätten, der abends um 8 schon die Tür abschließt. Ich muss da dem Nachbarn zugutehalten, dass er wirklich eine wertvolle Gemäldesammlung besitzt.

In letzter Zeit sehen oder sprechen wir ihn, wie gesagt, kaum noch. Manchmal spricht er von der Doktorarbeit seiner Frau oder macht diskrete Anspielungen auf ihre Noten. Sonst ist er ein bisschen zerfahren.

Ich dachte öfter über ihn nach. Mir fiel ein, dass ich damals, als er mir die Koffer in die Wohnung trug, dachte: Was für schöne braune Augen. Aber jetzt, wo ich hier sitze und über ihn schreibe, bin ich nicht einmal mehr sicher, ob sie braun sind.

Du

Du stehst vor mir auf der Bühne. Ich bin gerade froh, dass ich ins Dunkel gerückt bin, denn mir ist so warm, ich fürchte, die Leute sehen mich schwitzen.

Ich freue mich an jeder einzelnen Minute. Ja, und du, du stehst vor mir, eine Stufe tiefer, daher muss ich nicht an deiner ganzen hageren Länge hochgucken. Ich spüre, dass du dein Bestes gibst, du möchtest, dass die Leute lachen, das gelingt dir ziemlich gut. Und du machst einen zögernden Schritt auf diese Menschenfront zu und deine Haare sind wie ein Licht um deinen Kopf und unter deinen Kleine-Jungen-Hosenträgern bauscht sich das blaue Hemd hervor. Deine Schultern sind in der Hemdwolke ganz verschwunden. Und in diesem Augenblick habe ich gewusst, dass ich dich liebe. Nein, anders, ich wusste schon vorher, dass ich dich liebe, in diesem Augenblick habe ich mich verliebt Ganz einfach verknallt.

Unsere erste Begegnung. Ein Freund hatte mich mitgenommen zu dir, um unsere literarischen Bemühungen zusammen zu führen. Ich sah dich im Profil, denn du hieltest mir dein Ohr hin, um mich im Gewühl einer Geburtstagsfeier zu verstehen. Ich fand dich befremdlich, zu blass, zu still, zu starr.

Ich wusste ja nicht, dass du Parkinson zum engen Freund hattest. Und kannte mich mit dieser Medikamenten-Erstarrung auch nicht aus. Wir haben diesen Parkinson später noch zu einem Spielgefährten gemacht.

Lang vor dem Hosenträger-Abend haben wir zusammen auf der Stufe einer Bühne sitzend eines deiner Lieder gesungen, zweistimmig. Ich war glücklich im Gleichklang der Stimmen. Wusste meine Liebe damals schon von sich? ICH wusste nichts von Ihr. Ich hatte noch keine Gedanken an Liebe. Kein Wollen. Keine Pläne. Ich wollte einfach nur mit dir singen und lesen.

Seltsam war es, als du einmal unangekündigt vor meiner Tür standest. Wir sahen uns ja ständig, aber immer wurde vorab gefragt. Und plötzlich sehe ich ein blaues Hemd durch den gläsernen Durchguck der Tür. Da wusste ich, noch bevor ich die Tür öffnete, dass sich etwas verändert hatte.

Es war so heiß, weißt du noch? Wir saßen draußen unter dem Sonnenschirm. Ich bin während unseres Gesprächs aufgestanden und habe mir den Wasserschlauch vornüber gebeugt über den Nacken gehalten – und du hast gelacht und es mir nachgemacht. Ich erinnere mich nicht, worüber wir eigentlich geredet haben. Aber ich weiß genau, dass du über die Wiesen hinweg zum Waldrand geguckt hast, als du – zu mir, zu dir, wohin auch immer – scheinbar ohne Zusammenhang und so ganz allgemein die Frage stelltest, ob man nicht in seinem Leben noch einmal alles ganz und gar ändern könnte – einfach noch einmal anders anfangen könnte. Du hast mich jedenfalls nicht angesehen dabei und wir haben uns ganz schön was zusammen gelogen. Ich jedenfalls habe nur dummes Zeug geredet, abwiegelnd geklugscheißert, bloß um die Frage nicht verstehen zu müssen. Nicht beantworten zu müssen. Und das hast du verstanden.

Und bist doch immer wieder gekommen.

Drei Winter.

Drei Sommer.

Ich habe einen Essay geschrieben. Den muss ich dir unbedingt zeigen. Hast du Zeit?

Ja, ich hatte immer Zeit. Ich lag in der Sonne, mit Wintermantel auf einem Stapel Holzstämme, als du mir vorgelesen hast. Und das war das erste Mal, dass ich wusste: Ich bin glücklich, weil du da bist, weil es dich gibt. Das zweite Mal: Wir kommen aus dem Kino, bringen noch einen Freund nach Hause, es ist Sommer. Und ich kriege diese verrückte Lust auf eine Zigarre, diese exquisite Lust, die immer mit Sommer und Glück verbunden ist, und bei mir als Nichtraucherin und Atemwegsgeschädigten trotzdem geht, wenn ich nicht inhaliere. Mach, sagtest du. Das war immer so ein Wort von dir: Mach! Mit diesem aufmunternden Unterton von „Find ich gut". Und wir fuhren zur Tanke und machten! Wir haben uns die Zigarre geteilt, unaufgeraucht zertreten, war halt doch zuviel für die Atemwege, uns kaputt gelacht und sind nach Hause gefahren.

Wir blieben noch deutlicher im „Geschäftlichen". Wir lasen und hörten und veränderten und kritisierten. Dann hast du Bilder für meine Gedichte gemacht. Schöne Bilder. Manchmal ganz andere, als die, die ich im Kopf hatte. Niemand vorher und niemand nach dir hat sich meine Gedichte so zu eigen gemacht, ist mir auf meinem Weg nachgegangen, hat selbst noch einmal nachgeschaut, wo ich da war, hat dies zu seinem Bild verwandelt. Hat im Bild mein Gedicht neu gemacht. Von dir habe ich gelernt, NEBENEINANDER zu sein.
Herrgott, weißt du eigentlich WIE SEHR ich dich dafür geliebt habe?
Oft fuhr ich abends an deinem Haus vorbei und sah das Licht in deinem kleinen Dachgiebelfenster und wusste, du schreibst oder machst ein Bild. Das Glück beim Anblick deines hellen Fensters war pur und hatte nichts von Wehmut, nichts von Verlangen. In diesem Moment – und später noch öfter – leuchtete klar und brutal in meinem Kopf der Ge-

danke auf: Er ist krank. Was mach ich bloß, wenn er bald stirbt? Dann – habe ich nichts mehr.
Und du?

War ich es wirklich wert? Oder warst du nur auf der Flucht vor Freund Parkinson und Freund Herz, die dich ständig zum Grab hin zogen? Aber du hast wirklich getanzt an deinem Grab! Voller Freude! Manchmal verrückt.

In der Nacht des Löwen... das war der vierte Sommer. Da schüttelte der Baum das Haupt... weißt du noch. In der Nacht warst du verrückt und hast mich wieder verliebt gemacht, mich, die ich doch den schönen lichtblaues-Hemd-unter-Hosenträgern-Abend schon längst verdrängt und vertrieben hatte. Bei einer unserer Wald-Spazier-Lesungen habe ich dir einen Kleekranz gebunden und unsere Geschichte fing an mit deinem Tanzgedicht. Der Fluss war nicht mehr aufzuhalten. Ich die Flüssin, die Wasserfrau, verteilt auf der Erde, du der Steinbock mit Hörnern oben raus aus dem Dach.

In der Nacht des Löwen
bebt der Mitternachtsbaum
und schlägt mit den Ästen
das Mondlicht
lehnt Liebe am Tor

fährt mit den Fingern
in dein Haar
fallen Küsse in meinen Schoß
und dürstendes Geschlecht fällt ein
in die Flüsse meiner Länder
In der Nacht des Löwen
reißt der Sturm uns zu Boden
ergreift unser Lachen
schleudert es in den Wind
schüttelt der Baumlöwe
Krone und Haupt.

Diesmal war es umgekehrt. Erst war dein Bild da, dann kam mein Gedicht dazu. Und dann das Leben. In der Hitze des Sommers hast du mir zur Gitarre *Pensando en ti* vorgesungen und ich habe dich gefilmt. Ein Glücks-Filmchen, ein Liebes-Filmchen, ein Abschieds-Filmchen. Wieso habe ich die Kamera angemacht? Manchmal weiß etwas in uns mehr als wir selbst. Dein Gesang war eine Liebeserklärung. Deine Augen lachten mich an, weit, ganz weit. *Das Leben ist schön, das wirst du sehn, erst wenn du ganz am Boden liegst, dann findest du Freunde, du findest Liebe, du findest Freunde.* Und ich bin raus in den Garten gegangen, weil ich weinen musste, denn die Aufmunterung klang so sehr nach Abschied. Dein Gesang war Liebeserklärung und Abschiedserklärung.

Wir waren im Bett und nach einer Telefon-Unterbrechung hast du mich gegriffen und gesagt: Was man angefangen hat, soll man auch zu Ende bringen. Und wir haben uns lachend geliebt. Du hast meinem Hund ein Gedicht geschrieben und mir viele Tassen kaputt geschlagen mit deiner Zittrigkeit. Nachts bist du immer zum Klo geknuspert. Groß, gebeugt, mit winzigen, wischenden Schrittchen. Wie die Hexe mit dem Knusperhäuschen. Ich im Halbschlaf: Knusperst du wieder? Und du wurdest Hippo, weil Nilpferde können auch so schön in slowmotion unter Wasser wandern, bevor sie wieder auftauchen, wie du nach dem Medikamententief. Und ich wurde Jericho, weil niemand so wie ich die Mauern ins Taschentuch trompetend zum Einsturz bringen konnte. Du hast einen schweren Kampf gekämpft, als ich dich schon aufgeben wollte.

Und dann habe ich mich deinem Vergessen angeschlossen und das Leben gelebt wie einen Anfang. Bis du nachts mit schmerzverzerrtem Gesicht das Licht angeschaltet hast: *Hol einen Krankenwagen.*

Du hast dich ins Meer gewagt in unserem einzigen Urlaub, an meiner Hand. In die Wellen rein. Jedenfalls ein kleines Stück. Aber reisen wolltest du nicht mehr. Du warst ja schon auf der großen Reise.

Immer wenn ein geliebter Mensch stirbt, kommt die Schuld. Eine ungerechte Unart von ihr. Aber warum habe ich das Shakespeare-Sonett so wenig beachtet, das du mir hingelegt hast, direkt nach unserer Reise ans Meer, geschrieben in deiner Mikro-Schrift?

I thought of you and how you love this beauty
And walking up the long beach all alone
I heard the waves breaking in measured thunder
As you and I once heard their monotone

Around me were the echoing tunes beyond me
The cold and sparkling silver of the sea
We two will pass through death and ages lengthen
before you hear that sound again with me.

Wie viele deiner Dinge ist dieses Gedicht immer in meiner Nähe. Aber an dein Grab gehe ich nicht. Es ist mir fremd.
Ich werde weiter ans Meer fahren, obwohl mir manchmal fast die Kraft dazu fehlt. Aber in einigen ages lengthen sollten wir beide die Augen gut aufhalten. Einverstanden?
Ja.

Geradeaus laufen

1

„Mama, vorsagen schreibt man vor, aber nachsagen schreibt man nicht nach, ist doch komisch oder?"

Mama stand in der Küche und schälte Kartoffeln. Sie stöhnte auf.

„Mama?"

„Jaha! Wenn Du mir erklärt hast, wovon Du sprichst, sag ich vielleicht was dazu."

Matz kam in die Küche mit seinem Schreibheft.

„Guck doch mal hier", er hielt etwas hoch, das wie eine beschriebene Heftseite aussah. Mama schimpfte sofort los. „Deine Lehrerin muss uns doch bald für Idioten halten! Wie oft habe ich schon gesagt, dass du nicht so schmieren sollst! Es reicht doch, dass immer alles voller Fehler ist! Und guck dir das an!" Sie fummelte an der verknickten Ecke herum. „Eine Schlamperei! Warum packst du deine Hefte nicht vernünftig ein? Die MÜSSEN doch nicht so aussehen!"

„Oh Mensch, jetzt lenk doch nicht ab. Guck da."

Matz legte das Heft auf den Tisch, zog an Mamas Hand und zeigte auf das Wort ‚vorsagen'. „Vorne steht ‚vor'! Und hier: ‚Nach' steht auch vorne. Die sind zusammengesetzt, sagt Frau Schimkusch, und da", er schmierte mit seinem Finger weiter, „sind die Sätze. Ich sage vor. Die Uhr geht nach. Und dann steht vor und nach immer hinten. Wieso? Wieso sind Wörter so ungelogt?"

„Du meinst unlogisch?" „Ist doch egal, wieso ist das – so? Ich kann mir das – so – nicht merken." „Na prima", sagte Mama. „Dann sag doch Frau Schimkusch, wie du es gerne hättest. Vielleicht ändert sie die deutsche Sprache für dich."

Matz schluckte. Logopädie hatte er ja schon. Und war am Anfang auch noch stolz drauf gewesen. Es war interessant. Es hatte einen schweren Namen. Den konnte er zwar nicht richtig aussprechen, aber er konnte dort viele Sachen spielen. Inzwischen war er nicht mehr stolz darauf. Wenn er abgeholt wurde, waren alle irgendwie unzufrieden. Irgendwann hatte das angefangen. Mama hatte nichts gesagt, aber er konnte das fühlen; sie waren alle irgendwie unzufrieden mit ihm. Von WORTSCHATZ und WORTFINDUNG wurde geredet. Gemein war das alles.

Mama wandte sich ihren Kartoffeln zu und guckte traurig. Sie wusste, dass sie zu weit gegangen war. Sie kannte das schon. Wenn sie Matz mit Ironie kam, dann wurde es noch schlimmer.

„Wie meinst du das – die deutsche Sprache ändern?" Mama verdrehte die Augen, aber nur innerlich, damit Matz es nicht sehen konnte. „Weißt du was, frag doch Frau Schimkusch, warum das so ist mit vor und mit nach."

„Hab ich schon."

„Und was sagt sie?"

„Sie hat gestöhnt."

„Gestöhnt?!"

„Naja....Sie will nicht, dass ich immer .... also........."

„Dass du sie nervst?"

„Ja, ich glaub so ähnlich."

Mama nickte und spülte das Schälmesser ab. Sie riss sich zwar zusammen, um nicht zu sagen „Recht hat sie", aber Matz wusste auch so, dass sie das dachte. Maulend zog er sich in sein Zimmer zurück. Es war zwecklos. Auf die meisten seiner Fragen bekam er nie eine Antwort. Er hatte sich schon daran gewöhnt. Er ‚nervte' eben.

2

Alles hatte damit angefangen, dass Mama von der Klassenlehrerin zu einem Gespräch eingeladen wurde. Matz hatte einen Riesenaufstand gemacht, weil er nicht einsehen wollte, dass sich die Erde um die Sonne dreht. „Also sowas habe ich noch nicht erlebt", sagte Frau Schimkusch. „Hier", sie klappte ein Riesending von Buch vor Matz' Mama auf, „unser Sternen-Atlas. Die meisten Kinder kennen das ja alles schon so gut aus dem Fernsehen. Unter den Drittklässlern gibt es schon richtige kleine Hobby-Astronomen." Sie sah Matz' Mama auffordernd an. Die legte in gespielter Ruhe und Ergebenheit die Hände in den Schoß und schaute hinter Frau Schimkusch auf die Tafel. „Tja, so ist er, unser Matz."

„Aber ich bitte Sie! Matz' hat sich furchtbar aufgeregt, er kriegte einen roten Kopf, er hat angefangen zu schreien! Er bestand wie besessen darauf, dass wir alle das ganz falsch lernen, dass es umgekehrt ist, dass sich die Sonne um die Erde dreht! Und wissen Sie mit welcher Begründung?"

Die Mama schwieg. Sie werden's mir sicher gleich sagen, dachte sie.

„Das sieht man doch!!"

Mama neigte den Kopf zur Seite und runzelte die Stirn.

„Er zeigte nach draußen in den Himmel und sagte: Das sieht man doch! Das sieht man, dass sich die Sonne um die Erde dreht. Sie kommt auf der einen Seite und geht auf der anderen wieder weg!"

Frau Schimkusch wusste nicht, wie schrecklich peinlich das alles der Mama war. Sie hatte eine klare Reaktion erwartet. Aber Mama murmelte nur: „Vielleicht kommt das davon, dass ich immer sage, ich glaube nur, was ich sehe."

Jetzt blieb Frau Schimkusch stumm. Ihr fehlten die Worte. Aber seit diesem Gespräch wurden Matz' Noten in der Schule schlechter und Frau Schimkusch verzichtete auf Gespräche mit Mama.

3

Matz wurde reizbar. Er war ständig eingeschnappt und ließ sich nicht mehr bändigen, wenn er eine andere Meinung als Frau Schimkusch hatte. Oder als Mama. Oder als überhaupt alle. Er machte doch immer alles, was man ihm sagte. Sauber schreiben. Größer schreiben. Richtig schreiben. Noch einmal schreiben. Vor allem richtig schreiben. Und das hieß ja fast immer: noch einmal schreiben. Und nicht nur das. Noch mal rechnen war genauso oft. Er hatte sich irgendwann an das viele Rot in seinen Heften gewöhnt, wenn Frau Schimkusch die Hausaufgaben und Arbeiten kontrolliert hatte. Aber er wurde dadurch nicht fleißiger, sondern störrischer. Offenbar war sein Vorrat an nicht-können und nicht-wissen aufgebraucht. Er behauptete immer öfter: Stimmt doch gar nicht. Oder: Ist wohl wahr. Oder: Kann ich doch! Und dann das, was Mama die philosophischen Diskussionen nannte. „Ich will keine philosophischen Diskussionen, ich will, dass du das jetzt noch mal schreibst!" Sie sagte das immer öfter. Und Matz war sauer. Es gab nicht nur Krach, weil VORsagen wirklich vorging, und NACHsagen aber nicht nachging oder weil die Sonne sich um die Erde drehte. Es gab Krach, weil Beruf kein Tu-Wort war (Ist doch wohl wahr! Beruf tut man doch!), weil Berlin kein Land war und kein Erdteil, sondern eine Stadt (Wieso, du hast selbst gesagt, Berlin ist kleiner als das Land und als der Erdteil. Also ist es ein Stück Land und ein Stück Erdteil!), weil 50 Cent und 1 Euro nicht dasselbe waren (Wieso, leg mal übereinander, die sind genau gleich!). Mit diesem Verhalten versuchte Matz vielleicht davon abzulenken, dass er sich die Einmaleins-Reihen nicht merken konnte, dass er auch nach dreimal Wörter-Üben am Wochen ende keine Reihe von mehr als vier Buchstaben behielt, dass schließlich praktisch unter jeder Arbeit ein mangelhaft stand.

Es war beim Mittagessen. In seinem Etui fand Mama einen Zettel. Sie brauchte einen Moment, bis sie verstanden hatte, was da stand: LiBA Mads DUBS Mein GuTA FRoinT.

„Nicht, das ist ein Brief." Matz zog ihr den Zettel aus der Hand. „Von wem kriegst du denn Briefe?" „Von Emre", murmelte Matz in sein Heft. „Ich hoffe, du schreibst bei DEM nicht ab, wenn es ein Diktat gibt", sagte Mama nur. Matz verstand genau, was das bedeutete. Er fühlte, dass Mama was gegen diesen Freund hatte.

„Er lernt ja Deutsch."

„Aha."

„Ja, er ist Türke, aber er hat DaZ."

Matz konnte sich das gut merken, weil es wie sein Name klang: Matz Datz. Mama hatte schon mitgekriegt, dass das eine Abkürzung war für „Deutsch als Zweitsprache". Und in diesem Augenblick dachte sie, dass DaZ für Matz auch kein schlechtes Unterrichtsfach wäre. Aber selbst ihre eigenen Witze machten ihr keinen Spaß mehr. Was war verdammt noch mal mit ihrem Jungen los? Jetzt waren auch die Mathe-Arbeiten eine Katastrophe. Selbst beim Rechnen philosophierte er sich seine Zahlenwelt zusammen und bestand wie immer darauf, dass alles genau so richtig war. Es hatte wieder Streit mit Frau Schimkusch gegeben, weil Matz sich keine Malreihen merken konnte. Drei mal drei war bei ihm dreihundertdreiundreißig (Sieht man doch, da, hab ich alles geprüft.) Dieses Mal sprach Frau Schimkusch mit Mama über „Zahlenraum" und „Mengenerfassung".

Dann kam der Brief.

Mama sollte zur Schule kommen. Es folgten Erklärungen, bei denen sogar Mama schwindelig wurde. Alles gipfelte in dem alarmierenden Satz, dass Matz „möglicherweise in einer anderen Schule besser aufgehoben sei".

Diesmal hatte Matz nicht mehr protestiert. Er war sehr still geworden. Er hatte gesehen, dass Mama geweint hatte, obwohl sie versucht hatte, es vor ihm zu verbergen. Ja, sie war entsetzt, nur noch entsetzt und wie gelähmt. Ihr Junge auf einer Sonderschule!

Dann wurde sie wieder eingeladen und ein anderer Lehrer wollte noch mit ihr sprechen. Auf dem Flur standen Stühle. Ein Mann saß da und neben ihm ein kleines Mädchen mit einem dicken schwarzen Zopf und großen Augen. „Schneewittchen", dachte Mama. Das Kind hatte einen großen Stoffelefanten auf dem Schoß und sprach mit ihm. Manchmal stellte der Mann eine Frage. Dann hielt sie den Elefanten hoch und ließ ihn antworten. Der Mann lachte. Gerne hätte die Mama verstanden, was die beiden sich erzählten.

Der Mann begrüßte sie. „Schule ne", sagte er. „Viel Probleme ja?" „Naja", meinte Mama verlegen. „Ach Kinder wachsen, Kinder jetzt noch kleine Kopf", sagte der Mann und lachte Mama an. Da ging die Tür auf und Herr Schüttmann kam heraus, neben ihm seine kleine blasse Tochter. Sie wohnten in der gleichen Straße und Mama sah sie manchmal beim Einkaufen. Die Kleine war dünn. Ihre Beine wirkten seltsam steif, als wenn sie Angst hätte zu laufen.

„Ich sage Lehrerin, mein Sohn nicht dumm. Egal Schule, mein Sohn nicht doof", sagte der Mann. „Soll Ihr Junge denn auch die Schule wechseln?", fragte Mama.

„Weiß nicht. Lehrerin sagt ja." Da kam ein Junge polternd durch die Glastür gerannt auf ihn zu. „Emre! Warte hier. Von Lehrerin wir gehen gleich." Emre nickte und setzte sich neben seine kleine Schwester.

„Hausaufgaben?" Der Mann gab Emre einen Klaps an den Kopf. Der Junge grinste und nickte.

„Du gleich sitzen und machen! Wir sehen, was Schule." Und dann wandte er sich wieder der Mama zu.

„Ach Kinder - blasen sich auf, machen sich groß, sind aber klein." Und er sah nickend zu beiden hinunter.

„Keine Sorge", sagte er dann, als wenn er die Mama trösten wollte. „Gibt Eltern, die machen Kinder kaputt, gibt Eltern die machen Kinder geradeaus laufen."

Am nächsten Tag holte Mama Matz von der Schule ab. Er war wie verwandelt, seit er gehört hatte, dass Emre auch von der Schule wegging. Die Kinder liefen vorweg zum Parkpatz. „Nicht auf die Straße!", rief Mama, aber sie hörten nicht zu. Sie liefen geradeaus, denn auf dem Parkplatz hatten sie einen Porsche gesehen.

Ein Vogel zwitscherte und Mama dachte, dass jetzt bald schon der Frühling kommt. „Wollt ihr ein Eis?", fragte sie.

Giacomos Mantel

Seine Augen und Haare waren dunkel - trotzdem: nicht der Durchschnittstyp, von dem die Frauen träumen. Dazu war er zu elegant. Auch groß und schlank war er nicht, um die Hüften vielleicht sogar etwas zu kräftig. Und doch – die ganze Haltung war so sicher, so – vielversprechend. Die Augen schienen tief zu blicken, manchmal verträumt, manchmal wissend. Es war diese leicht dominante Art von Sanftheit im Blick, die, sobald er auf einer Frau ruhte, sie in Flammen versetzte und eine süße Illusion aufleuchten ließ, die Illusion, er wisse, er kenne sie, und damit jeden Widerstand brach. Und was immer er tat, er hatte die Aura des Spielkindes und Genussmenschen, eine Aura, die Frauen schachmatt setzte.

Die Frau erinnerte sich nicht mehr, wann genau sie sich in ihn verliebt hatte. Vielleicht war es bei der Arie der Mimi, beim soundsovielten Mal – *aber wenn es taut – die erste Sonne ist nur für mich* – die Tebaldi war unschlagbar als träumendes Kind, das beinah verzweifelt herbei gesehnte Glück, die herbei gesehnte Wärme in ihrer Stimme kam der Sehnsüchtigkeit in seinen dunklen Augen sehr nah. Sie konnte förmlich das schöne Gesicht der Mimi hinter der Scheibe des Dachfensters sehen, wie es zur ersten Frühlingssonne empor blickte.

Vielleicht war es aber auch später, bei der absteigenden Melodie der Liebeserklärung der sterbenden Mimi. *Sind sie gegangen – ich stellte mich schlafend...* Spätestens als sie, die Reisende, in dunkler Nacht zur leuchtenden Fassade von San Michele in Lucca aufsah und der Schleier aller Gewesenen sich wie Sehnsucht über sie legte, die Schemen aller je gelebten Leben in dieser Stadt still an Kirche, Civitali-Loggia und cafés vorbeihuschten, hatte sie Raum und Zeit überwunden und war ihm verfallen.

Was konnte sie tun? Nichts – als seine Musik hören. Seine Fotos anschauen. Den Verführer, den Musikzauberer, den lässig Rauchenden, den egoistisch Liebenden in allen seinen musikalischen Schöpfungen wiedererkennen. In dem Haus, in dem er als Kind gelebt hatte, hing sein eleganter Wintermantel auf einer Schneiderpuppe. Von vielen Fotos kannte sie den Mantel, schwarz war er mit Pelzkragen. Vorsichtig näherte sie ihre Nase dem Pelz bis auf Millimeter, sog seinen Geruch ein, legte die Hand über ihn ohne ihn zu berühren.

„Sind sie gegangen?" „Sisi." Matteo wischte die Tische ab. Sein ganz persönliches Grappa-Fässchen, dass er zur Feier des lebendigen Nachmittags in dem verschlafenen Dorf aus dem Keller geholt hatte, stand in der Ecke. Die Touristen-Schar, brave Menschen, die für ein bisschen Opern-Romantik und

die Illusion von Bildung zu jeder Zeit tapfer Fuß-
märsche in den Luccheser Bergen auf sich nahmen,
kunsthistorische Endlosvorträge in Pisa über sich
ergehen ließen, auch noch ehrfurchtsvoll nickten,
wenn sie erfuhren, dass der Dom von Lucca über
eine Fassade im byzantinischen Baustil verfügte
– die Touristenschar hatte angesichts von Matteos
Grappafässchen ein wenig der Haltung fahren lassen. Und unter Hallodri und Verbrüderungen auf
allen Seiten hatte Brigidas Luccheser Festmenu ein
Ende gefunden. Gläser, Espressotassen, Zucker und
Brotreste, mit Wein getränkte Papierdecken und
Olivenkerne hatte er schon fortgeräumt. Und jetzt
konnte anfangen, was die Frau seit vier Tagen, in
denen sie rund um die Uhr für alle Bedürfnisse
ihrer Touristenherde da gewesen war, ersehnte: der
freie Tag. Oder besser der freie Nachmittag. Naja,
drei freie Stunden. Sogar die Zahnschmerzen, die
sie seit genau fünf Tagen mit Medikamenten nie-
derkämpfte, ließen etwas nach angesichts der Aus-
sicht, in den kommenden 180 Minuten für sich
allein sein zu können. Sie war nach dem Wein- und
Grappa-seligen Abschied und der Ankündigung
des gemeinsamen Opern-Abends in Torre del Lago
zu Brigida in die Küche gegangen, Brigidas Küche,
die damals, vor ihrer Modernisierung, der schönste
Ort in der ganzen Toskana war. Als sie zurück kam,
war nur noch Matteo da.

Ja, sie waren gegangen. Das Dorf war wieder so still wie vorher. Sie hörte ihren eigenen Schritten zu, als sie den schmalen Weg, der hier die Dorfstraße war, zu ihrem Auto ging. Im Ort selbst konnte man nicht parken. Das heißt, man konnte nicht parken, weil man gar nicht hineinfahren konnte. Dazu war die Straße einfach zu schmal. Sie gab Ausblicke nach links und nach rechts frei, auf der einen Seite die in Jahrhunderten ausgetretene bemooste Kirchentreppe mit ihren flachen und breiten Stufen, gegen den Hügel empor, die hinter der Kirche um eine winzige Hausbiegung direkt in die offenen Olivenhänge führte, auf der anderen Seite die glatten Steinstufen hinab, am Tomatengarten des Nachbarn vorbei – und alle Fenster taten sich auf durch die hängenden Gässchen über das Luccheser Land. Sie lebt nur für sich, die kleine Dorfstraße. Sie erhält ihre alten Geschichten und entlässt den Besucher hinaus aus dem Dorf wie eine alte Oma, die sich freut, dich gesehen zu haben, und die sich nicht mehr verpflanzen lässt.

Langsam ließ sie den Wagen die kurvige kleine Bergstraße hinunterrollen. Ohne Motor. So war der Sonnengesang der Grillen besser zu hören. Im Fahrtwind floss die Mittagsluft weich um ihren linken Arm, den sie aus dem Fenster hängen ließ. Durch die Rebstöcke sah sie hoch oben die helle Rückfront des Hauses. Brigida stand am Fenster und winkte. Sie winkte zurück und gerührt setzte sie ihre Fahrt fort, legte den Gang ein und brummte in die Landschaft hinaus, ein blauer Punkt auf kleinen Straßen, der sich Berge hinauf und hinunter bewegte. Eine weitere Villa war ihr Ziel, Chiatri, eine der Villen, die der überaus Geliebte bewohnt hatte.

Der Ort gab sich verschlossen. Bröckelndes Steinpflaster. Menschenleere Stille. Sie stieg aus. Direkt am Ortseingang überwuchs eine Bougainvillea mit ihrem schreienden Lila ein Portal mit uraltem gehauenem Steinsims. Zu schreiend, fand sie, zu brünstig, nicht angemessen den würdigen Steinmetzarbeiten, die sie umschlossen. Sie umrundete einen Garten und entdeckte unter schattigen Bäumen und umwuchert von Gebüsch eine dunkle Hausfront. Still bleibt es, dachte sie, Gott sei Dank. In ihrem Kopf summte es. Sind sie gegangen? Ich stellte mich schlafend... Die Frau hielt eine Hand an ihre Kehle, als bräuchte sie Schutz, Ruhe vor einem inneren Wirbel, der sie aufseufzen ließ. Sie lenkte ihre Schritte hinüber, um das Haus herum, das jetzt die Ausmaße der Villa annahm, und der unerwartete Gartenhang, der sich auf der Rückseite des Anwesens auftat, ließ sie beinah schwindeln. Als zöge etwas abwärts. So schwer und gleichzeitig beweglich wurde die Luft plötzlich, als fasste sie nach ihr.

Sie ließ die hohen Blütenkolben eines hellen Ziergrases im Wind schaukeln. Die Frau spürte Kälte auf der Stirn und dass Schweiß ihr den Rücken hinabrann. Sie fasste nach der Wand, ließ sich langsam auf eine Bank nieder. Die abblätternde Farbe stach ihr in die Schenkel. Da drückte sie sie umso fester auf das Holz, um den Schmerz nicht mehr zu spüren, um den Schwindel zu vertreiben. Sie legte den Kopf weit zurück an die Hauswand. In der Kehle, die sie der Sonne so entgegen hielt, summte sie die Melodie weiter...denn ich wollte mit dir allein bleiben-so viel habe ich dir zu sagen – Sie schrak hoch. Sie war sicher, im Gebüsch seitlich des Gartens eine leise Stimme gehört zu haben. Sie horchte. Nichts. Nur das Ziergras raschelte leise, der Zikadengesang war verhaltener geworden. Die Sonne war schon über den Zenit, trat die Reise abwärts an. Wieder, so schien ihr, lachten da Stimmen? War jemand da? Wurde sie beobachtet? Der Gedanke beunruhigte sie nicht wirklich. Träge drehte sie den Kopf an der Hauswand zur Seite und beobachtete die Büsche. Keine Bewegung. Da! Ein leises Lachen. Sie stand auf, ging auf dem Kies hin und her, als wolle sie aus einem Traum erwachen. Trägheit abschütteln. Sie sang einen Dreiklang hinauf und hinab. Ist da wer?! Ganz laut sagte sie das. Aber nur das Gras raschelte und die Zikaden sangen. Dann musste sie plötzlich lachen.

Klar war da wer! Sie sah zu den Fenstern hoch und lächelte allen zu, die je dahinter gelebt hatten.

Dann trat sie den Rückweg an, fuhr auf der anderen Seite des Ortes eine unbekannte Straße hinaus und blieb nach kurzer Strecke durch den Wald stehen. Ein eisernes zierliches Geländer säumte einen einladenen Platz, auf dem ein paar Tische und Bänke standen. Aus einem kleinen Restaurant, das völlig unpassend zu seiner Umgebung als flacher Pavillon auf den Hügel gestellt worden war, hörte sie, die Reisende in Sachen Puccini, Stimmen und die Kaffeemaschine. „Chi son'? Son' un poeta!" sang eine frohe Männerstimme. Sie war nicht mehr überrascht über die alltägliche Begegnung mit Arien von Puccini. In den Straßen von Lucca hatte sie sie schon singen gehört, ja sogar im Publikum bei der Aufführung in der Freilicht-Oper von Torre Del Lago. Sie freute sich über die bekannten Klänge hier mitten in der stillen Landschaft.

An dieser Stelle aber hatte sie gar nicht mit einem so einladenden Rastplatz gerechnet. Der Geruch von Frittelle stieg ihr in die Nase, als sie auf das Geländer zuschritt, dass den steilen Abhang säumte. Ein wunderbares Stückchen Heim, um auf Bänken zu rasten, Blick über die Schlucht in die blaudunstigen Hügel der Maremma.

Ein paar Stimmen wurden lauter, forsche Schritte waren zuhören, jemand erschien in der Tür des

Restaurants und blieb abrupt stehen, als er die Frau am Geländer stehen sah. Dann verschwand er wieder. Die Stimmen im Restaurant wurden leiser. Er tauchte wieder auf, hatte zwei Gläser in der Hand, die er mit fragend hochgezogenen Brauen zu einer Einladung erhob. Sie nickte, er setzte sich zu ihr. „Per l'amore, per la musica!", er lachte. Es war eine Einverständnis voraussetzende, charmante Inbesitznahme, und die Frau lächelte nur und hob das Glas.

Er war groß, ein Wikinger-Typ, rötliches Haar, ein gegerbtes Gesicht, leuchtend blaue Augen, die er nicht mehr von ihr abwandte.

Offenbar war er in dem kleinen Restaurant gut bekannt. Rufe gingen zwischen ihm und dem Inhaber oder Koch hin und her – aber nach jeder Unterbrechung sah er sie wieder freundlich an. So gab er der Frau nicht das Gefühl, aus einer Unterhaltung ausgeschlossen zu sein. Gemeinsam sahen sie in die Landschaft, er strahlte und kommentierte und erklärte und erzählte – wie er den Tag verbracht hatte zum Beispiel. Das wollte er von ihr auch wissen.

Eine seltsame Frage, eine ungewohnte Frage. Die anderen Fragen, die üblichen, die aufdringlichen und leichten – Wie alt? Woher? Verheiratet? Alleine? – Die Fragen kannte sie und war geübt in freundlicher Abwehr.

Was habe ich heute den ganzen Tag gemacht? Er wartete geduldig, das Gesicht in die Hand gestützt, und sah zu, wie sie nach Worten suchte. Und dann, nach ihrer Antwort: „Aah la musica – un'amante die Puccini", er lachte leise.

„Sei bella, sai?"

Klar, dachte sie, weiß ich, natürlich bin ich schön. Für einen Italiener sind ja alle Frauen schön. Dann lächelte sie. Stimmt ja nicht, wollen wir nicht so ungerecht sein. Und sie musterte sein Gesicht. Ungewöhnlicher Typ. Ein Wikinger in der Toskana.

„Was machst du später?"

„Später fahr ich wieder runter."

„Was machst du dann?"

„Ich werde arbeiten."

„Und was machst du dann?"

„Dann ist der Tag zu Ende. Und morgen werde ich wieder arbeiten."

Als er seine Hand auf ihre legte, wusste sie, welche Frage jetzt kommen würde.

„Und die Nacht dazwischen?"

Das war so banal und war eigentlich unverschämt aufdringlich – und es traf sie dermaßen ins Innere. Sie lachte nicht und sie wehrte nicht ab. Sie blinzelte nur hinüber in die Berge, und dachte, dass sie über all die Nächte dazwischen wohlweislich schon lange nicht mehr nachdachte. Sie trank einen Schluck und ließ seine Frage unbeantwortet.

Was mach ich hier? Lass mich von einem Dorf-Casanova einwickeln und bin auch noch traurig dabei – wieder seufzte sie.

„Rilassati-" In diesem Augenblick schien ihr, in seiner Stimme klang tatsächlich ein wenig Besorgnis mit. Wieder legte er eine Hand über ihre.

„Hast du Hunger? Die frittelle sind so wunderbar hier."

Sie sah ihn an und spürte, dass sie in Gefahr war, die Fassung zu verlieren. Dann schüttelte sie den Kopf und er sah sie fragend an.

„Nicht?"

„Doch", sagte sie da bestimmt.

Während sie aßen, redeten sie nicht. Hin und wieder sahen sie sich an, kauten und stießen mit dem Wein in kleinen Bechergläsern an. Er ging Café holen und als er wieder kam, setzte er sich neben sie. Sie spürte ihn. Ist das lange Übung? dachte sie, diese perfekt austarierte Mitte zwischen Distanz und Nähe herzustellen – weit genug weg, dass man sich kaum beklagen kann, nah genug, um die Nähe zu spüren, als trage die Luft, die zwischen ihrer und seiner Haut lag, dieser eine Zentimeter Luft, als trage er die ganze Berührung an hunderte von Rezeptoren, die ihr aus der Seite wuchsen, durch das Sommerkleid hindurch – als sei es gar nicht mehr da? Er legte jetzt seine Hand auf ihr Knie, nahm den Saum des Kleides, knickte ihn um, griff mit der anderen Hand nach dem Kugelschreiber auf dem Tisch.

„Hier", sagte er, „damit du mich nicht vergisst." Und er schrieb in großen geraden Buchstaben, damit auf dem Stoff nichts verwischte, seinen Namen und seine Telefonnummer auf die Innenseite des Rocksaumes. Sie lachte und hoffte, dass er ihre Verlegenheit nicht bemerkte. Er sah sie lange an. Er rief nach der Rechnung und wandte dabei den Blick nicht von ihr ab. Dann zahlte er, stand auf. Er beugte sich zu ihr hinab.

„Ich fahre jetzt los."

Einen Augenblick sahen beide in die Berge hinüber.

„Du weißt – ich bin ein italienischer Mann – aber ich bin auch ein Gentleman."

„Auf Wiedersehen, ich muss auch los." Sie gaben einander die Hand, während sie noch saß. Sie lächelte. Sie hatte ihn getroffen und jetzt verabschiedete sie sich. So hatte alles seine Ordnung. Und sie richtete sich wieder gefasst auf, ja, froh sogar, froh darüber, dass sie sich ihrer Empfänglichkeit für Verführungsversuche nicht schämen musste, weil sie geachtet wurde – nicht verachtet.

„Gut", sagte er, „ich fahre jetzt los. Aber du fährst zuerst. Du überlegst es dir. Da vorne am Ende des Weges - wenn du links abbiegst, bin ich Gentleman – wenn du rechts abbiegst, werde ich ein italienischer Mann sein – okay?"

„Okay", hörte sie sich sagen.
Dann stieg sie ein, startete den Motor, fuhr los.

Herkunft

Es gibt die, die sind durch eine Weite der Ebene gemacht, durch duftige Birkenkronen am Haff und das ewige Rauschen der Meere. Auch gibt es die, deren Sonne hoch über dem Tal dieselbe war, die auf den Bergen die Gletscher erleuchtete. Alles das gibt es, und noch viel mehr, als „Wiege der Kindheit", wie man so sagt.

ICH bin gemacht aus dem Grau des Hinterhofs, an dessen Mauern ich Bälle zählte, durch Menschengewühl in Straßen und Läden, voller Überraschungen und Lehrstücken für Kinderaugen. Die Bilder in der katholischen Kirche, auf Streifzügen entdeckt, entsetzten das Kind, dass es hinaus floh, Trost fand im stoischen Rundherum der Modelleisenbahn, hinter den Scheiben des Spielzeugladens, voll mit unerreichbaren Schätzen.

Abends auf dem Bett stehen, die Nase am Fenster platt drücken, um lange zuzusehen, wie die schöne grüne Leuchtschrift am Reformhaus an der Ecke angeht – ausgeht – angeht. Das orangefarbene Licht über der Kreuzung, leise surrend in der Stille der Nacht, über den Gleisen, auf denen es sonntags mit der Straßenbahn zu Oma geht. Die Leuchtstriche der Uhr am Rathausturm, langsam rückende riesige Zeiger. Und unter all den Lichtern auch der Mond........ dessen Gesicht das Kind eines Nachts entdeckte, im Bett knieend, die Nase an der Fensterscheibe.

Durch so viele Fenster geschaut. So viel gesehen. So viel gelernt. Über den Mond, die Stille der Nacht und die Poesie von Leuchtreklame.

Immer wieder die Zeit

Die junge barfüßige Frau hatte eine schrecklich blecherne Stimme. Und sie konnte uns viel über die Tiere des Wattenmeeres erzählen. Eine winzige Scholle löste sich im Becken aus dem dünnen Sand, trug ihn mit sich, schimmerte dabei trotzdem weiß durch ihr sandiges löchriges Gewand. Und da sie sich einmal bewegte, fielen mir auch die anderen auf – kleine Segler unter Sand, die sich nur schrittweise bewegten. In der Hand hielt die junge Frau eine Austernschale, während sie von den atlantischen und pazifischen Austern sprach.

Gerade heute morgen, wurde mir klar, haben wir eine pazifische Auster gefunden, bzw. ihr leeres Haus, zwei riesengroße einander verbundene längliche, leicht rosige Schalen mit dicken harten Schuppen, die innen perlmutten glänzten. Ja diese riesigen Biester, sie haben die atlantischen Austern auf dem Gewissen, die schon in den zwanziger Jahren ausgestorben sind. Nein, das kann nicht sein. So vor vierzig, fünfzig Jahren gab es die noch an der Nordsee, stimmt's? Ich war da ganz sicher. Nein, die sind in den zwanziger Jahren schon ausgestorben gewesen, sagt das blechern klingende Mädchen. Die Schalen können Sie ja auch heute noch finden.

Eine Welt brach zusammen. Unsere Austernschalen, diese grauweißen kalkigen Dinger, haben jahrelang meinem Vater als Aschenbecher gedient, die Mitbringsel unserer Kindheit, die Findlinge aus dem Holland-Urlaub – sie waren nur totes Gebein, damals schon?! Es gab sie nicht mehr? Mit den atlantischen Austern war es so wie mit dem Licht längst verloschener Sterne, das uns erst jetzt erreicht? Wir waren so stolz! Ich habe sie so verbissen gesammelt! Und ja, es gab ja so viele davon damals am Strand! Damals waren sie uns Boten und Besitz des unendlich großen Meeres, das uns neu war. Ach, wie konnten wir Kinder wissen von der Ewigkeit der Meere, aus Urzeiten gekommen, uns, ja uns neu, aber so alt, so alt wie die Welt. Ach, es war wirklich immer wieder die Zeit, die so enttäuschte!

Traurig sah ich auf die kleine kalkige Austernschale in der Hand des kreischigen Mädchens, auf die Austernschale, von der ich jetzt erst weiß, dass sie eine atlantische ist, und dass ihre fiese pazifische Schwester schuldig ist an ihrem Tod. Mein Gott, die ganze Zeit Mumien im Regal aufbewahrt, Zigaretten ausgedrückt in Totengebeinen!

Vorne am Ausgang gibt es immer noch die kleinen Muschelkästchen. So habe ich sie damals genannt - Muschelkästchen. Die kleinen Deckeldosen, dicht beklebt mit schillernden knallfarbigen Muscheln und Schneckenhäuschen, geschmackloser Kitsch, den ich liebte, damals als Kind, am Strand am Meer. Mein Taschengeld habe ich hergegeben für eines, das jahrelang in einem Regal stand. Immer habe ich es mitgeschleppt, bis in meine Studentenbude, es war verstaubt, hatte ein paar Muscheln eingebüßt, sah, ja, jetzt sah ich es auch, sah hässlich aus, geschmacklos, aber es war doch so sehr Erinnerung an Kindertage, deren Intaktheit ich schmerzlich vermisste. Ich konnte es nicht wegwerfen, damals noch nicht.

Irgendwann dann doch. Ich erinnere mich gar nicht mehr, wann. Ich hab's nicht mehr.

Genau diese Döschen stehen hier rum, immer wieder werden sie gemacht, vielleicht nicht mehr auf den Nordseeinseln, vielleicht in irgendwelchen Fabriken in Fernost, wer weiß das schon. Möglich wäre es. Sogar wahrscheinlich.

Da löst sich wieder eine Baby-Scholle aus dem Sand, trägt ihn, schwebend und an den Rändern ihrer Flossen weiß schimmernd, eine kleine Portion ihres Lebensraumes, mit sich fort.

Karneval

Ich hatte noch 10 Minuten Zeit, bis mein Bus fuhr. In dieser Zeit habe ich mir einen roten Wintermantel gekauft.

Ich mag Kaufhäuser nicht, zumindest halte ich mich nicht gerne darin auf. Sie machen mir Kopfschmerzen. Immer spielt unerträgliche Musik und es herrscht ein chemischer Geruch. In einer Informationssendung im Fernsehen habe ich mal gehört, dass in Bekleidungsabteilungen von Kaufhäusern eine enorm hohe Konzentration von Formaldehyd in der Luft ist. Vielleicht ist es das. Ich weiß es nicht.

Es ist ein Kaufhaus, das sehr nah am Bahnhof liegt und praktischerweise kann man auf dem Weg zum Bahnhof in einen Eingang rein- und beim nächsten, dem Bahnhof näheren, wieder rausgehen. Ich hab das an dem Tag gemacht, weil es regnete und ich nicht so nass im Bus sitzen wollte. Und dabei fiel ich praktisch über die Ständer mit Schlussverkaufspreisen. Ich brauchte einen schönen Wintermantel, besaß nur eine wattierte Jacke. Ich drehte das Mantelrondell. Zwischen all den unauffälligen Farben hing dieser rote Mantel, als Kontrapunkt zur Farbe ein klassischer Schnitt, hoher Wollanteil, reduzierter Preis. Ich warf den Mantel über, stellte mich vor einen Spiegel, fand das Ganze gut.

Ich hab den Mantel gekauft und doch noch den Bus gekriegt. Aber vorher – vorher wurde ich noch daran erinnert, dass gerade Karneval war. Ich hatte Karneval wirklich komplett vergessen, weil ich in so viel Arbeit steckte, dass ich wie blind durch die Stadt lief. Üblicherweise klingt es an diesen Tagen lauter aus den Kneipentüren oder man trifft auf der Straße vereinzelte Clownsgesichter oder Hexenhüte. Ob es an diesem Tag auch so war, kann ich nicht sagen, und wenn, dann war es mir entgangen.

Jetzt standen da die Verkäuferinnen und waren für Karneval herausgeputzt. Sie hatten mir sowieso immer leid getan, den ganzen Tag stehen, und das bei der Beschallung und der Formaldehyd-Luft. Und wie ein Sahnehäubchen auf den Berg der widerwärtigen Arbeitsbedingungen auch noch das: Sie hatten alle ein buntes Hütchen in der Frisur stecken und Luftschlangen um den Hals. Die Hütchen entsprachen wahrscheinlich dem vorgegebenen Kaufhaus-Dresscode und sahen alle gleich aus. An der Kasse packte eine Karnevalsfrau mit gehetztem Gesichtsausdruck Kleider in die Tüte einer Kundin. Sie hatte Schweiß auf der Stirn. Richtig, zu warm war es hier drin auch. Die Verkäuferin, die bei mir kassierte, schien besser aufgelegt. „Olala Feierabend", sang sie mit hoher Stimme einer Kollegin zu, die soeben mit Mantel und Tasche davon ging.

Und mit dem gleichen Tonfall nahm sie mein Geld entgegen. „Danke-schöön – und einen schönen Abend nooch".

Wahrscheinlich habe ich deshalb ihre Stimme wieder erkannt, als ich bereits drei Haltestellen weiter unterwegs war. Sie schallte von hinten. Der Bus fuhr im Dunkeln die Ruhrallee hinunter. Ich war todmüde und legte den Kopf zum Ausruhen an die Scheibe. Aber das Gerumpel von Busrädern auf der Straße schlug mir in den Kopf, ich nahm ihn weg - bis er mir vor Müdigkeit wieder nach vorn sackte.

„Huuch", hörte ich eine kreischende Stimme, „guck mal, jetzt hab ich hier –", ja was? Die Stimme kam von hinten. Ich war wach. Und ich war neugierig, mochte mich aber nicht so auffällig umdrehen, war auch für die Bewegung zu müde.

„Guck mal, ich hab noch die ganzen Konfetti im Ärmel!!"

Da traute ich mich doch und warf einen kurzen Blick über die Schulter. Es war tatsächlich die mit dem Hütchen von der Kasse – ohne Hütchen!

Als ich wieder nach vorne schaute, klang die gleiche Stimme etwas weniger kreischend.. „Mensch, man muss doch auch mal ein bisschen Spaß haben."

Jetzt klang der Tonfall beinah entschuldigend. Eine andere Stimme antwortete: „Hasse recht."

Und mir schien, dass noch eine weitere Stimme murmelnd beistimmte. Der Bus hielt an und fuhr mit Geschnaufe wieder los.

„Mannmann, man muss auch mal fünfe gerade sein lassen."

Pause.

„Jetzt guck mal hier, ich hab –", die Stimme war wieder sehr hoch, „jetzt hab ich hier noch die Konfetti im Ärmel!"

Gemeinsames Lachen.

„Jetzt guck mal! – "

Gelächter. Ich stellte mir vor, wie die Kassiererin die Konfetti aus dem Ärmel schüttelte, aber ob es jetzt ihre Stimme oder die der anderen Frau war, konnte ich nicht sicher unterscheiden. Von der Schallrichtung her war sie es.

„Jetzt guck dir das an!"

Mehrstimmiges Kreischen. Pause. Langes Aufseufzen. Ruhe. Wieder eine Haltestelle. Der Bus leerte sich langsam. Die Verkäuferinnen und ich, wir hatten offenbar den gleichen Weg bis in den benachbarten Stadtteil.

Ich wohnte noch nicht lange hier, war vor wenigen Wochen aus dem Ausland zurück gekommen und fühlte mich noch fremd. Ich pendelte jetzt für meine Arbeit in eine andere Stadt. Mein Tagesablauf war bestimmt von Busfahrplänen, Zugfahrplänen, PC-Klickern im klimatisierten Büro. Seit dem Spätherbst hatte ich das Haus im Dunkeln verlassen und war im Dunkeln zurückgekommen.

Manchmal abends, sobald ich die Wohnungstür hinter mir geschlossen hatte, öffnete ich mir und den Katzen die Tür zum Garten, goss mir ein Glas Bier ein und ging trinkend unter den Obstbäumen hin und her. Wenn es ganz dunkel war, hörte ich die Katzen mehr als dass ich sie sah. Sie schossen Motten fangend und sich gegenseitig jagend auf der Wiese hin und her. Die Katzen im Dunkeln und die Apfelbaumzweige gegen den Himmel und das kühle Bier – das war mein Feierabend, den ich feierte. Ich freute mich schon darauf.

„Weisse, ich hab ja lang meine Pflicht getan –". Ich stellte die Ohren auf.

„Sonntag hab ich Blumen hin gebracht."

Pause.

„Man muss jetzt auch mal Spaß haben können."

Pause.

„Nächste Woche isser jetzt zwei Jahre tot."

Eine andere Stimme seufzte.

„Jaja."

Vor meinem geistigen Auge sah ich drei Frauen sinnend aus dem Busfenster blicken. Soeben war der Bus am Friedhof vorbei gefahren. Daher der Themenwechsel, dachte ich mir. Aber vielleicht auch nicht. Vielleicht brauchten sie einfach nur den „Spaß", vielleicht war man eben ausgehungert nach „Spaß", wenn man stundenlang auf den Beinen gewesen war, in Formaldehydluft, beschallt von Fahrstuhlmusik und mit Hütchen in der Frisur. Mich überkam eine Traurigkeit und – ja, eine Art von Mitgefühl, von Mitleiden.

In dieser Gegend musste der Bus manchmal gar keine Haltestelle anfahren. Er wurde langsamer . Der Verkehr auf der Straße ließ auch nach und der Fahrer trödelte jetzt, um den Fahrplan einzuhalten. Und mitten in das Schnurren der Räder auf der leeren, glatten, kurvenlosen Straße klang mit plötzlicher Bestimmtheit in der Stimme der Satz:

„Das erste Jahr war die Hölle."

Meine Ohren fuhren auf Radargröße aus.

„Ne? Genau –", (andere Stimme), „dat sagense alle!"

Und noch eine Stimme (jetzt war ich sicher, dass es mindestens drei Frauen waren):

„Ja dat sagense alle. Dat erste Jahr...", eine Tüte knisterte, „dat erste Jahr ist schlimm."

„Dat erste Jahr (andere Stimme) da weißt du nicht wie dir geschieht."

Pause.

„Hörma, ich geh jeden Dienstag hin, jeden."

Pause.

„Manchmal auch am Wochenende. Ich hab immer frische Blumen!"

Der letzte Satz klang ein bisschen entschuldigend und auch eine Spur aufsässig.

„Kinders, macht's mal gut. Ich muss raus."

Eine von den dreien schob sich an meiner Bank vorbei zur Tür und ging mit gesenktem Kopf nach vorn.

„Der Jürgi wollte mich abholen, weil's schon dunkel ist."

„Hihiiii", der kreischende Tonfall war wieder da. „Jetzt guck dir die Änne an! Wird von jungen Männern abgeholt!"

Änne grinste nach hinten.

„Bloß kein Neid."

Sie tippte mit dem Finger an die Stirn. Dann wurde ihr Gesicht wieder sehr ernst. Sie spähte suchend durch die Tür und musste sich beim rüttelnden Bremsmanöver gut festhalten.

Man konnte noch sehen, wie der junge Mann ihr die Tasche abnahm, ansonsten wirkte die Begrüßung keineswegs herzlich. Der Bus fuhr an. Hinter mir hörte ich einen langen Seufzer.

Orpheus in der Arbeitswelt

Sieben Uhr siebenundzwanzig. Ich ziehe den Schlüssel aus der Zündung. Mit der linken Hand stecke ich eine Zigarette an, greife mit der rechten nach meinem Mantel. Ich schließe die Autotür ab. Das Schloss klemmt. Sieben Uhr achtundzwanzig. Die Schwingtür fällt laut hinter mir zu. Sieben Uhr neunundzwanzig. Ich nehme die Jacke auf den linken Arm, denn ich muss durch schwere Glastüren hindurch, die sich nur schlecht mit der Schulter aufschieben lassen, zumal mit einer Zigarette im Mund, zumal mit der Tasche in der Hand. Sieben Uhr dreißig. Stempelkarte drücken. Die Stempeluhr macht einen widerlichen Knall. Langsam steige ich die Stufen hinauf. Leichte Übelkeit. Habe ich den Kassettenrekorder ausgemacht? Natürlich habe ich. Der morgendliche Knopfdruck und Stille.
Eurydice n'est plus et je respire encore-
Orpheus und Eurydike ist zur Zeit meine Lieblingsoper. Die Schlüssel rasseln im Schloss zur Datenabteilung. Quietschen. Es klickt. Guten Morgen. Guten Morgen. Guten Morgen. Es fiept. Regelmäßig piepen Fehler. Guten Morgen. Codewort. Bedienerkennung. Es piept. Guten Morgen. Kennziffer Kindergeld. 151r. Nein, verdammt. 151N. Neu-Verfügung.

Die Leni Beaulieu hatte ihr neuntes Kind bekommen. Das erste, das war im Januar '67 gewesen. Cornelia. Nach Cornelia ging noch alles gut. Sie kriegte einen Unterhalt. Staatszuwendung. Schlüssel SZ. Damit war sie bestimmt ganz zufrieden. Zweites Kind. Ralf Beaulieu. Vater unbekannt. Drittes Kind. Gunter Beaulieu. Vater unbekannt. Krankengeld. Ein Jahr lang. Unterhaltszuweisung an Hauptkasse Münster. HPTK MS. Frank und Bine. Zwillinge. Dann Bettina. Dann Oliver. Ich beugte mich über die Akte. Tatsächlich war der Name Chales de Beaulieu.

Und jetzt ging das Geld zur HPTK MS und dass Bine und Frank und Bettina und Oliver den Namen von Oma und Opa hatten, war für Leni bestimmt nicht mehr so schlimm. 151F. Fortlaufende Verfügung. Das wird schon werden. Und da bleibt sie erstmal DHL *dauernd in seinem Haushalt lebend* und von HPTK MS kommt Geld.

Als die Rehabilitations- und Kindergeld-Verfügungen durch waren, bullerte es an der Glastür. Ich schloss mich aus der Datenstelle heraus, um zur Toilette im 4. Stock zu gehen. Weites Treppenhaus.
Eurydice n'est plus et je respire encore-
Leni leerte die Papierkörbe, als ich zurückkam. „Mensch Leni, wie siehst du denn aus?" „Hab nicht geschlafen. Bettina hat die ganze Nacht gehustet.

Sag mal- wer ist das auf 102?" „Keine Ahnung, wieso?" „Ein unverschämter Typ! Der hat mich aus dem Büro gejagt, obwohl ich noch nicht fertig war!" „Ich hab keine Ahnung, wer das ist, beschwer dich doch bei Hunger." Leni lachte. „Wenn man vom Teufel spricht –"

Hunger stand tatsächlich in der Tür. Ich versuchte, ein bisschen an ihm vorbeizusehen, denn ich konnte seinen Anblick nicht gut ertragen. Es lag was in der Luft, das war klar, aber ich war mir keiner Schuld bewusst, ich hatte schon fünfzehn Akten durch.

„Wer hat mir da diesen Orpheus ins Büro ge-schickt?" Er sah Leni auffordernd an. Sie wischte in Richtung Tür und verschwand. Ich konnte mir ein Grinsen nicht verkneifen. Am liebsten hätte ich ihn gefragt, ob er in Sachen Unterwelt auch keine Ahnung hätte.

„Keine Ahnung Herr Hunger. Ich bestimmt nicht."

„Ich hab schon tausendmal gesagt, dass niemand zu den Büros der Datenabteilung Zutritt hat!"

„Ich weiß doch, Herr Hunger. Ich weiß wirklich nicht, wie er hier heraufgekommen ist."

Hunger blieb hinter mir stehen. Er hatte offenbar Lust, seine schlechte Laune an irgendwem auszulas-sen. Und ich war gerade da. Wahrscheinlich hatte er auch wieder gesehen, dass ich in dieser Woche die Karte schon zweimal erst um sieben Uhr drei-unddreißig abgestempelt hatte. Das konnte er mir nicht verbieten, aber es ärgerte ihn. Er sah mir über die Schulter. Ich vertippte mich. Das machte er gerne. Hinter mir stehen und warten, bis ich mich vertippe. In solchen Augenblicken war das Kontrollfiepen schlimmer als sonst. Man wartete regelrecht auf jeden Ton. Und wenn er kam, schmerzte er.

Jetzt war es auch schon 11 Uhr. Dann fingen die Augenschmerzen an. Zuerst an den Ecken des quadratischen Buchstabens, sie brannten in den Augenhöhlen, bis der Schmerz in einer endlosen Quadrat-Kette durch den Kopf flimmerte. Hunger stand immer noch hinter mir. Ich überwies Geld an HPTK MS für Oliver 022367, 01237896 CH Chales de Beaulieu, Babette und – fiep – die Ordnungszahl verwechselt, Korrekturbild, 14 für geänderte Adresse. Hunger fing wieder an und zwar in drohendem Ton. „Herr Orpheus hat keinen Zutritt. Nicht Beschäftigte HABEN KEINEN ZUTRITT!" Jaja, dachte ich, aber da stand er auch schon in der Tür. Er war beleidigt, das sah man an seinem verzogenen Mund, er kam näher und lehnte sich über den Terminal, das Instrument unterm Arm und sah Hunger herausfordernd an. Eine blonde Locke hing in seine Stirn. Ich drehte mich um und sah Hunger einen Schritt zurückweichen. In der Tat, die Datenschutzbestimmungen.... Die Sekretärinnen, die mit ihren Abrechnungen kamen, warteten brav vor der Glastür. Was für eine Stille.... die Würm hackte nebenan auf der Tastatur herum und schrie ständig „Scheiße" und „Können die sich nicht eine anständige Handschrift angewöhnen!?". Sie knallte wieder und wieder die Kontrolltaste runter. Sie wusste ja nicht, dass Hunger mithörte, und der mit der Lyra lungerte am Terminal und brachte Hunger zum Schweigen. Dann klang es angenehm, hallte, als wenn Büro und Vorraum und Treppenhaus sich verbunden hätten. Wie gut das klang, wenn die Augen weh taten, und der rechte Ring- und Mittelfinger erschöpft auf den Tasten lagen, wenn der Rücken sich schmerzhaft versteifte und wie Blei durch den Stuhl sank.

In den Ästen draußen flimmerten buchstabige Leuchtquadrate, in die Augen flossen fern und langsam gezogene Vogelbahnen.

Eurydice n'est plus
et je respire encore

Weich gingen seine Finger über die Saiten und meine lagen auf der Tastatur, Die Würm gab Ruhe, Hunger saß jetzt an der Tür.

Dieux rendez-lui la vie ou donnez-moi la mort

Das „moi" war in einem Zweiklang auseinandergezogen, bei dessen zweitem Ton die off-Taste knackend aus ihrer Halterung sprang. Da kam Leni mit einer sauberen Mülltüte rein und lehnte sich auf dem Weg zum Papierkorb an die Fensterbank, sah hinaus. Die Mülltüte fiel lautlos. Im Hinterhof saß auf einer niedrigen Mauer eine Dohle, reglos, spähte mit schräg gehaltenem Kopf in den kahlen Baum.

Laissez-vous toucher par mes pleures
spectres
ombres terribles

Unter meinen Fingern wiegte sich lautlos die zersprungene off-Taste. Jetzt saßen schon vier oder fünf Dohlen beieinander. Mein Rücken, dies glühende Kreuz. Ich sank an die Stuhllehne.

Die Dohlen flatterten auf und flogen hinüber auf das Nachbargrundstück, als eine Tür in der Mauer sich öffnete, die ich vorher nicht bemerkt hatte. Eine Dame trat hindurch. Ich reckte meinen Kopf nach ihr, im Blickwinkel Hunger, der es nicht liebte, wenn man aus dem Fenster sah. Mit einem zierlichen Handgriff hob sie ihren Rock über die Schwelle. Der Faltenwurf leuchtete unter dieser Bewegung auf, seidig glänzend, in einem rötlich angehauchten matten Weiß, einen Augenblick schien mir, eckig, ein wenig quadratisch beinah – und eine Reihung quadratischer Lichter purzelten aus einer Falte, worauf ein unmäßiges Fiepkonzert mir in die Ohren und den Bauch schnitt. Das verstummte mit dem Krachen einer ins Schloss fallenden Tür. Ich öffnete die Augen, die ich im Schmerz rasch geschlossen hatte, und ließ sie gleiten, gleiten im matten Lichtschimmer ihres weich fallenden Gewandes. Ein zarter Schwung, so ging sie hin, ein jeder Schritt, so schien mir, von kreisender Bewegung, wie Tinte schreibt, aus dem Handgelenk, auf weißem Papier... Die Dohlen, nun hinter ihr, reihten sich wieder auf die Mauer, sie ging über die kleine Wiese, eine Hand leicht vorgestreckt, ihr langes Haar, pfirsichfarben, fiel dicht über eine Schulter, an die sich das mattweiß schimmernde Kleid eng schloss, und der Hals, schlank und rosig, sich erhob, ja, recht gefällig sah sie aus, sich selbst und anderen, ein wenig abweisend zwar, zumal die Augen, hinter dem vollen Haarschwung nicht recht erkennbar, verdunkelt schienen, doch sanft und schön. Oh gleitender Vogelflug – ein dunkles Tier kreiste über dem Haus, ehe es sich auf dem Vordach niederließ. Ich hatte die wackelnde Taste unter dem Finger, Leni verschob polternd einen Aktenbock. Ich sah mich um und traute meinen Augen nicht – Hunger stand an der Glastür und schwänzelte um die schimmernde Dame herum. „Sicher, Madame, das erledigen wir." Er blätterte in der Akte, die sie ihm gereicht hatte. Ihre Stimme war leise, was sie sagte, nicht zu verstehen. „Jaja, das ist richtig, das ist absolut richtig, bitte nach Ihnen –" Er öffnete die Tür für sie. Die Dame nahm ihm das Papier aus der Hand und kam lächelnd auf mich zu. „Korrekturbogen 4", sagte sie sanft, während sie sich setzte. Indem sie ein Bein über's andere schlug, gab sie ihrem Rötlichseidenen einen hübschen Schwung, der sich um meinen Rechner bauschte. Sie legte ihren Zeigefinger auf den Bildschirm. „Sehen sie, dort. Ich wohne im Sandkornweg, sehen Sie? Nicht im Sanddornweg, Sand k o r n weg." Ich gab noch einmal ihre Kennnummer ein und da fiel es mir wieder ein. „Madame de Beaulieu, aber sicher, Madame Babette Chales de Beaulieu, wie konnte ich das vergessen." Sie nickte erfreut, als sie sah, dass ich mich ihrer Daten erinnerte. „Sandkornweg, so, das haben wir. Damit da gar keine Verwechslungen aufkommen können." „Sicher", stimmte sie zu. „Es ist doch besser, wenn man weiß, dass ich nicht identisch bin mit den de Beaulieus aus dem Sanddornweg." Der Computer fiepte grausam, aber er musste die Korrektur annehmen. Mein Blick hing an ihrem Pfirsichhaar, während ich die Daten eintippte. Mir schien, es duftete, oder war es diese matte Farbe...? „Madame de Beaulieu", ich reichte ihr die Hand. Sie nahm sie entgegen. Ich spürte sie kaum, doch eine leichte Wärme floss in meine Tippfinger, Mittelfinger, Ringfinger. Sie ging sehr aufrecht auf die Tür zu, der Stoff auf ihrem Rücken glänzte, und seitlich im Faltenwurf ihres Kleides nahm ich nun eine Unzahl kleiner glänzender Perlenblumen wahr, die unter der Bewegung jeden Schrittes aufleuchteten. Wie hatte ich sie für Buchstaben halten können...? „Ach... Madame...?" Sie sah sich freundlich lächelnd um. „Beachten Sie... die Mauertür... der Eigentümer sieht nicht gern..." Und nun lachte sie, die Zähne so perlig wie die Blumen an ihrem Kleid. „Gewiss, ich werde sie gut schließen." Du bist gut, dachte ich, du machst die Tür zu und ich weiß nicht mal, ob sie existiert.

Hunger fingerte an der Kaffeemaschine herum. Der Kaffeegeruch mischte sich irritierend in das Knickern des Terminals und das Korrektur-Fiepen. Duftig und kaffeebraun stieg's in die Leuchtquadratur der Buchstaben.

„Sagen Sie mal, Herr Hunger, wo ist eigentlich der Herr Orpheus geblieben, ich habe ihn gar nicht gehen sehen?" Die Würm kam wütend hereingestürzt und hielt Hunger einen Datenbogen unter die Nase. „Was soll d a s!?" Er nahm das Papier in die Hand, sah sich irritiert zu mir um. „Was? – Eh – wer?" „Ach, egal", ich wandte mich wieder meinem Bildschirm zu.

J'ai perdu mon Eurydice....

Konnten die Augen nach 5 Stunden schon so weh tun? Die Arbeitsschutzbestimmungen wurden doch nur ein kleines bisschen übertreten. Gott sei Dank, Hunger geht. Ich schloss die Augen. Ich werde noch verrückt im Kopf. Ich sah im Geiste schon Orpheus durch eine Tür in der Mauer treten.

Mittagspause. Vor dem Kleinen Spiegel, der an der Innenseite der Schranktür angebracht war, zog ich meinen Mantel an. Die Augen etwas dunkel, schien mir, die rechte Hand hakte sich beinah im Ärmel fest.

Eurydice n'est plus...

Die Kassiererin hielt mir einen falschen Preis für das Toilettenpapier ab. Im Regal hatte ich einen anderen Preis gesehen. ich wäre bereit gewesen zu streiten, aber ich war auch versucht, meinen eigenen Augen nicht zu trauen. Ich zahlte und überprüfte die Sache nachträglich. Die Kassiererin hatte recht. Ich sah mir das Preisschild genau an: Die 6, die 9, alle Zahlen hatten einen weichen Bogen. Ich erkannte die Schrift. Ich musste die Zahlen verwechselt haben. Zwei Kolleginnen schoben wortlos ihre Einkaufswagen an mir vorbei. Gesprochenes wurde so ungewohnt im Kontrollton der Computer. So wie Sechsen mit runden Bögen auf Preisschildern.

Ich stieg Brötchen kauend die Treppen hoch. Mein Rücken schmerzte noch genau so wie vor der Pause.

Ich versuchte, schneller zu werden. Mittelfingersehne. Zeigefingersehne. 151F, 151F?, 151f. Zehnmal Kindergeld. Vierzehnmal Sozialhilfe. Ich war wirklich müde. Eigentlich ein gelungenes System, dachte ich. Je müder, um so mehr Fehler. Je mehr Fehler, um so mehr Kontrollfiepen. Je mehr Gefiepe, um so unerbittlicher die Wachheit. Wachheit an die

Schmerzgrenze vorangetrieben. Der Riss hinter den Augen, der die Welt zum fiependen Quadrat macht. Auch nach Feierabend, auch beim Essen, auch im Bett. Die Tür ging auf. Die Würm hielt mir Akte und Schreiber hin. Ich hatte vergessen, den ersten Kontrollgang abzuzeichnen. Jaja, ich wusste schon. Sie schrie ja jeden einzelnen meiner Fehler durch die Tür wie ein hysterisch gewordenes Echo des Kontrolltons. Ich machte eine Bewegung aus dem Handgelenk, mein Namenskürzel bekam einen seltsamen Schlenker. Die Würm guckte dumm.

„Jetzt – kann man's ja gar nicht mehr lesen." „Namenskürzel sind nicht zum Lesen da." „Wozu dann?"

„Für die Sicherheit!", schrie ich, „damit die Kontrolle kontrolliert werden kann!"

„Ist ja schon gut, ist ja schon gut."

Sie zog sich zurück. Rund ging es zu in meinem Handgelenk. Ich ruhte meine Hände aus und legte die Fingerspitzen auf das Papier einer alten, krakelig geschriebenen Aktennotiz. Solche befanden sich manchmal in Akten kinderreicher Familien. Die ersten Eintragungen waren bis zu dreißig Jahre alt. Dreißig. Ich drehte sie hin, die Zahl, mit dem Finger auf dem Aktendeckel. Der Kopf sank mir in die Ellenbeuge. Ein Knall. Eine Akte auf dem Boden, ein auseinander gerutschter Papierstapel.

„Au, das tat wirklich weh."

Erschrocken fuhr ich hoch. Da stand sie, Madame de Beaulieu.

„Madame de Beaulieu – es tut mir leid – wirklich." Glücklich war ich, sie zu sehen, die Sanftheit der Aprikosenfarbe. Sie stand im Türrahmen. Man schob im Flur Aktenkisten mit Fußtritten vorbei, offenbar ohne Rücksicht auf unzulässiges Publikum. Sie wandte sich mir zu und kam näher.

„Das ist nett von Ihnen."

Sie setzte sich.

„Ich bin hier sicher ein bisschen im Weg...".

„Oh nein, Madame, sagen Sie das nicht." Ich ergriff ihre Hand. Ich wusste zwar, sie hatte durch ihr Mauertürchen zu verschwinden, aber das war entschieden zu viel. Das musste man ihr nicht antun, dass sie an sich selbst zweifelte, sie, die Schöne, die sanft Fließende.

„Oh nein Madame, ganz und gar nicht."

Sie lächelte mich dankbar an, ließ mir ihre Hand und hielt den Kopf ein wenig schräg, ganz Ruhe, ganz Aufmerksamkeit. Ich suchte nach Worten, strich mit den Fingerspitzen einer Hand an einer Bahn der glatt fallenden Seide hinab, aber nur leicht, hob die Hand, ertastete den Stoff mit dem Inneren der Hand.

„Sehen Sie, Ihnen fühle ich mich gewissermaßen verpflichtet, da Sie mir hier regelrecht zwischen die Akten geraten sind und Sie sicherlich gleich hinter

Ihrem Mauertürchen verschwinden müssen -"
Mit ihrem Blick hing sie an mir.

„In der letzten Pause habe ich - sagen wir, Einblick in die Datenorganisation bekommen, und ich kann Ihnen mit Bestimmtheit sagen, dass dies alles, und damit meine ich auch Ihre Korrekturprobleme, ganz und gar ohne - weitere - Bedeutung - sind."
Die letzten Worte hatte ich besonders betont. Sie hing mit den Augen an meinen Lippen und bewegte bei jeder Silbe die eigenen Lippen lautlos und nickte wie bestätigend mit dem Kopf. Jetzt beugte sie sich etwas vor und sagte leise: „Sie meinen, die Datei –".

Sie stockte und ließ ihren Blick über die gesamte Zimmereinrichtung schweifen.

„Ganz richtig, Madame. Das Ganze für nichts und wieder nichts, und Sandkornweg oder Sanddornweg ist hier ganz gleich, und Mauertürchen hin oder her, ICH werde heute abend einen Brief verfassen, ich schreibe, schwinge einen Tintenbrief auf weißem Papier mit Zeichen, die ich einmal zu formen lernte, damit es fließe, das Tintenbad in wortlicher Reihe und das Handgelenk leite den Schwung in Farbe und Form..."
Unendlich matt fühlte ich mich plötzlich. Madame de Beaulieu lehnte sich mit spitz erhobenen Augenbrauen seufzend zurück.

„So ist das", sagte sie langsam, „da bin ich aber froh,

dass Sie mir das so nett erklärt haben. Ich wurde ja schriftlich über die Falscheintragung im Zentralcomputer informiert."

Und wie es in diesem Augenblick tönte

Eurydice

da sank ihre Hand, die sie auf den Terminal gelegt hatte, in ihren Schoß zurück und sie lauschte mit großen Augen, blicklos. Er war also noch da. Ich höre weder die Aktenkisten rutschen noch das Korrekturgeschrei von nebenan. Ja, er ist da.

Laissez- vous toucher par mes pleures
spectres - âmes

Madame sitzt an den Tisch gelehnt. Ihr Arm hängt über der Tastatur, ihr Gesicht ist der Tür zugewandt.

Ombres terribles

Nun weiß ich nicht - nun weiß ich wirklich nicht, wie das weitergehen soll. Mir sinkt das glühende Kreuz nach vorn.

Soyez
Soyez sensibles
à l'excès des mes malheurs

Es ist so ruhig geworden. Fehlt nicht das Ticken vom Zentralcomputer-

soyez, soyez sensibles-
à l'excès de mes malheu-heu-heu-heurs

Das sind ja mindestens zehn Töne für die Unglücks-
silbe, eine Koloratur.

Mit einem Krach fällt Madames Arm auf die
Tastatur. Die Off-Taste ist herausgeflogen, liegt auf
dem Boden, jetzt fiept es doch, jetzt dröhnt es.

Ach Gott, da krachen sie reihenweise aus der Tasta-
tur! Ein Korrekturbild erscheint, was mach ich da-
mit? Das dröhnt. Ich sehe nach. Ich gehe hinüber.
Der Zentralcomputer ist still, tot. Wie seltsam. All
die fehlenden Dateien. Was machen Sie jetzt in der
Nürnberger Statistik? Und was heute abend in der
Tagesschau? Madame lauscht. Jetzt das Ballett der
Furien. Und der mit der Lyra lächelt sie an.

Portrait eines Kindes

Elke ist ein Mädchen von dreizehn Jahren. Ein Kind. Und empört hatte sie einmal darauf bestanden, auch als Kind angesehen zu werden, wenngleich das angesichts ihrer Größe und ihrer üppigen Formen nicht leicht war. Elke hatte begeistert und abgestoßen zugleich von den Umtrieben einer Schülerbande erzählt. Und die Lehrerin hatte versucht, in ihren Kommentar etwas einzubauen, was darauf hinauslief, die anderen Kinder – sie meinte „die bösen Kinder" – von Elke – sie meinte „die gute Elke" – abzugrenzen. Sie lobte sie dafür, dass sie mit den Kindern nicht mitgemacht hatte. Dies hielt sie für pädagogisch geschickt. Aber Elke fiel auf Tricks nicht herein. „Wieso sagen Sie *die Kinder?* Ich bin doch selber ein Kind", hatte sie trotzig erklärt. Die Lehrerin war beeindruckt von dem Aufbegehren dieser Solidarität.

Elke hatte, wie erwähnt, die Formen mancher pubertierenden Mädchen, denen man mit Befremden und Unsicherheit begegnet, weil der Kontrast von weiblicher Erscheinung und kindlichem Verhalten verwirrend ist. Elke begegnete dieser Verwirrung mit scheinbarer oder tatsächlicher phlegmatischer Unkenntnis. Ihre beiläufige Klage über die monatlichen Schmerzen war ihr offenbar so selbstverständlich wie die erwähnte Aufwallung kindlicher Solidarität. Ihre Schilderung dieser Schmerzen war überaus anschaulich und dramatisch. „Das ist furcht-bar", mit geschlossenen Augen und den Arm angewinkelt in den Rücken gestemmt, war sie einer mater dolorosa nicht unähnlich, wenn man vom bunten Rüschenkleid absah. Entwickelte sie ihr Thema dann aber überraschend zu einem anderen Schmerz, der von einer der wüsten Sportstunden herrührte, die sie innig liebte und beklagte, beispielsweise zu einem gestoßenen Knie, geprellten Handgelenk oder Steißbein, dann trat Begeisterung in ihren Blick. In den Sportstunden „kloppte" sie sich mit den Jungen, die, wie die Lehrerin schon erfahren hatte, durch die Bank einen Kopf kleiner waren als sie. Das brachte Elke zum Lachen und zu einem plötzlichen Schweigen, in das schamhaftes Bedauern, Verachtung und ein großzügiges Hinweggehen klang über Dinge, die noch nicht zu sagen waren.

Elke hatte dickes braunes Haar, das nicht immer sehr sauber und meistens in einem kurzen Zopf am Hinterkopf geflochten war. Gewöhnlich war sie außer Atem, wenn sie kam – „erledigt" – und sie sah wahrhaftig auch so aus. Schweißperlen standen auf ihrer Stirn, sie hielt eine Faust in irgendeine schmerzende Stelle gepresst, und feine Strähnen des nicht ganz sauberen Haares hingen in die Schläfen.

An den schlimmsten Tagen stürzte sie grußlos durch die sich öffnende Tür und mit Mantel und Tasche auf einen Stuhl, woraufhin sie mit stummem Vorwurf und Klage im Blick jedes Schulbuch einzeln und unter offensichtlich beängstigendem Kraftaufwand auf den Tisch stapelte. Allerdings genügte ein Stichwort, um einen Redeschwall in Gang zu setzen. Sie war imstande, ihr Gegenüber mit einer schwindelerregenden Gedankenkette aus Hochzeitsjubiläum der Eltern, einer fürchterlich ausgefallenen Englischarbeit, den Reisen des Odysseus und dem letzten Karl-May-Film zu konfrontieren. Sie liebte Old Shatterhand. Seine muskulöse, über jeglicher Moral stehende Herrlichkeit faszinierte sie. Sie liebte auch Winnetou. Aber nicht so sehr.

Sie hatte große braune Augen, die sich an den Außenwinkeln leicht verengten, wenn sie, in Schultern und Rückgrat zusammensinkend, den Kopf halb im Nacken, mit Begeisterung im Blick sagte: *Das* ist toll – und zwischen die einzelnen Wörter bedeutungsvolle Pausen legte. Das ist toll – das kam auch oder gerade dann, wenn ihr Gegenüber soeben dieselbe Sache für dumm oder kitschig befunden hatte. In der Hinsicht besaß sie keinerlei Taktgefühl und stellte auf ungeheuerlich unwissende Weise das ihres Gegenübers in Frage.

Sie pflegte die Lehrerin häufig von oben bis unten zu mustern und ein Urteil über die Stimmigkeit der Erscheinung abzugeben. Der Mode-Kosmos war ihr, dem Kind in bunten Kleidchen, noch fremd. Ihre Urteile glichen Kontaktversuchen. Wenn sie loslegte, war deshalb meist ein leichtes Zögern, ein Innehalten zwischen den Worten, ein Warten auf eine Reaktion zu hören, die in kaum merklichem Maß auf die Härte ihres Urteils Einfluss nehmen konnte. War sie aber zu überwältigt von einem Eindruck, gab es keinen Einfluss mehr, nur noch striktes Geradeaus. Angesichts der braunen Schuhe der Lehrerin, die mit einem Riemen um den Knöchel gehalten wurden: Sind die furchtbar! Milde fiel ihr Urteil über die blauen Schuhe und Strümpfe der kommenden Woche aus und, da keine Reaktion erfolgte, blieb ihr Urteil in der nächsten Woche und der kommenden Zeit überhaupt ganz aus.

Elkes Nase war rund und breit, aber sie hatte schöne Lippen, was nur zu sehen war, wenn sie ausnahmsweise nicht sprach und gebeugt und Mühe und Konzentration ausstrahlend schrieb.

Wenn sie kam, lächelte sie manchmal durch's Fenster, erst dann klingelte sie an der Tür. Ihre Schultasche schleppte sie mit einem rudernden Gang.

Sie war ohne Eitelkeit. Doch hatte sie manchmal eine Art, für eine Weile reglos zu verharren, wobei ein geradezu optisch wahrnehmbares Nachdenken ihren Körper in einer Haltung festhielt, die wie die gespannte Ausgangslage zu einem Sprung, einer Bewegung, etwas Nächstem, Besonderen aussah.

Im Sommer verlautete im Anschluss an ein solches kurzes Verharren die völlig zutreffende Äußerung, dass „hier wohl mal Unkraut gezupft" werden müsse. Sie legte den Kopf zurück und prüfte mit lebhaftem Blick den Garten, wobei ihr Zopf und die Lippen im Profil zu sehen waren. Dann begann sie zu erzählen: ein Gemisch aus Ärger, Überzeugungen, Vorfällen in der Schule, lachte allzu heftig, wenn die erwartete und ihr wohltuende Reaktion ausblieb und fiel dann plötzlich, faszinierend plötzlich, in einer ruckhaften Bewegung des Körpers in eine Starre, die der der Old Shatterhand-Huldigung ähnlich war, und andächtig hielt sie der Lehrerin ein offenes Gesicht und einen gespannten Blick entgegen, als diese begonnen hatte, etwas über den Garten, über Herbstblumen, über den einzigen Apfelbaum zu erzählen.

Am Tisch sitzend lauschte Elke, die Arme zwischen die Knie gehängt und den Hals zwischen den Schultern.

Elke brachte Blumen mit. Sie streckte sie wortlos durch die sich öffnende Tür, trat sogleich den Rückzug in den Garten an und während die Lehrerin noch überrascht und ein wenig dumm fragte, ob die für sie seien, rief Elke halb abgewandt, eine Strähne im schweißnassen Gesicht, ja, das sähe wohl ganz so aus und die kämen im Auftrag der Mutter. Sie fände Blumen doof. Gewöhnlich vermied Elke die Anrede, brauchte aber in solchen Augenblicken das Du, das mit dem Sie im ständigen Wechsel stand. Sie brauchte es im gleichen Tonfall wie das Sie.

Elke trug niedliche Mädchensachen, einer Dreizehnjährigen nicht mehr ganz gemäß, die mit ihren Rüschen und ihrer Buntheit an ihrem Körper die Wirkung von Zierlichkeit verfehlten und eher bombastisch wirkten. In ihrer farblichen Abstimmung waren sie zwar immer vollkommen in der Ordnung, aber innerhalb dieser Ordnung eine Spur zu bunt. Aus einem bestickten Puffärmel ragte ein praller Arm und eine tintenbefleckte Kinderhand, die eine fehlerhafte lateinische Übersetzung schrieb, fehlerhaft vor allem deshalb, weil Elke ununterbrochen redete. Sie habe einen furchtbaren Geschmack, hätten die Schulkameradinnen geurteilt. Sie habe einen Geschmack wie eine schwangere Feldmaus. Aber den Jungen gefielen ihre Sachen. Sie sei die Einzige, die den gleichen Geschmack wie die Jungen habe und – sofern es auf dem Gebiet des Optischen so etwas wie einen Nachklang gibt – in Elkes Blick entstand ein Nachklang, ähnlich dem Schweigen bezüglich der kämpferischen Sportstunden, ein Nachklang, durch den die Lehrerin Zweifel bekam, was Elkes fehlende Eitelkeit betraf.

Elke pflegte nicht für eine ganze Stunde auf ihrem Stuhl sitzenzubleiben. Musste die Lehrerin aus dem Nebenzimmer etwas holen, deutete sie das als Aufforderung, auch ihren Platz zu verlassen und sie folgte ihr auf Schritt und Tritt durch die Wohnung, sah sich dabei mit unverhohlener Neugier alles genau an, was ihr Interesse fand. Sie wurde einmal im Nebenzimmer alleingelassen. Sie war zum Sprung bereit, als die Lehrerin wiederkam. Es war unübersehbar. Die Bücher... alle die... Bücher... was... was lesen Sie denn eigentlich? Die Lehrerin begriff schlecht. Dazu seien die Bücher doch da. Es seien doch genug Bücher...? Jaja, aber was lesen Sie denn? Die Lehrerin begriff sehr schlecht. Sie begann aufzuzählen, was sie von all dem gelesen hatte und demnächst noch lesen wolle. Auch das blieb für Elke unbefriedigend. Das sei doch alles ... Elke rang nach dem entscheidenden Wort ... das sei doch alles ... *Literatur* ... was sie denn lesen würde, abends vor dem Einschlafen, Pferdegeschichten oder so...?

Schließlich begriff die Lehrerin und erwies sich als unfähig zu einer Erklärung. Sie unternahm dennoch einen umständlichen Versuch, dessen Vergeblichkeit Elke wiederum begriff. Sie schwieg. Noch lange blieb in Elkes Gedächtnis die Erinnerung an französische Bücher wach, sie machte noch öfter Anmerkungen dazu, etwas von den „Fliegen" und von zwei „schmutzigen Händen", etwas, das in entscheidendem und grausigen Maße *Literatur* darstellte. Sie regte das Gespräch darüber an, erhoffte scheinbar einen Kommentar oder irgendetwas, was ihr das Rätsel um die Überflüssigkeit und Unverständlichkeit von Literatur endlich auflösen würde, verfiel in ihr andächtiges Schweigen, Hände zwischen den Knien, Kopf im Nacken, während ihre Blicke an den Lippen der Lehrerin hingen. Aber ihre Hoffnungen wurden enttäuscht. Sie wechselte das Thema.

Das Interesse an den Büchern ließ allerdings nicht nach. Auf dem Küchentisch lag eines Tages ein Buch, das das Portrait eines Mannes auf dem Einband und dessen Namen als Titel trug: Puccini. Ist Puccini ein Maler?, fragte sie, denn das Portrait war in Öl gemalt. Sie sagte Puzini. Puccini ist ein Komponist, bekam sie zur Antwort. In der folgenden Woche fragte sie noch einmal, ob Puccini – sie sagte wieder Puzini – ein Maler sei.

Elke musste ein Bild interpretieren, ein Gemälde der Romantik. Das Biedermeier-Sofa, die Wand, die Decke des Zimmers, das Kleid der sitzenden Frau waren grün. Es ist ruhig und schön, schrieb sie. Es muss an einem Nachmittag im Sommer gemalt worden sein. Wahrscheinlich ist es Sonntag.

Elkes Mutter war verreist und Elke schlief „im Bett" ihres Vaters. Wahrscheinlich doch im Bett der Mutter, meinte die Lehrerin, bemüht, aufkeimende Sorge zu unterdrücken. Ja, aber sie schliefe bei ihrem Vater. Das ist toll, sagte sie. Aber gestern habe sie ihn rausgeschmissen. Der schnarcht vielleicht! Aber später wäre er wohl leise wiedergekommen. Morgens lag er da. Die Lehrerin seufzte innerlich erleichtert auf.

Elke lud die Lehrerin ein, um im Swimmingpool zu schwimmen. Also, ihre Mutter wolle sowieso, dass sie zu Hause lerne, ihr Vater sei nie da und im übrigen könne sie einladen, wen sie wolle.

Elke prustete und tobte im Schwimmbecken. Dann beschrieb sie detailliert die Schwierigkeiten des Wasserfilterns, vergaß für einen Augenblick wieder das ‚Sie'. Im Wasser hängend, lehnte sie mit ihren vollen Armen auf dem Steinrand des Beckens. In ihrer Stirn klebten einige Haarsträhnen.

Auf der Nase hingen Wassertropfen und ihre Augen reflektierten Sonnenlicht. Sie griff nach dem Fuß der Lehrerin. „Los, komm!"

Die Lehrerin sprang und tauchte, fühlte Jahre an sich vorbeifließen und über sich zusammenschlagen, ach was, Monate, vielleicht nur Wochen, die es noch brauchte, bis Elke das „Sie" nicht mehr vergessen würde.

Sieben Tage

1. Tag

Leere und fast leere Katzenfutter-Schälchen einsammeln, Spülen. Achtung: Gut belüftet zum Trocknen aufstellen, da sie aus Bambus sind. Spülmittel ist Naturprodukt, also höchst sparsam dosieren.
Lappen aus der Desinfektionslösung nehmen, Laugeeimer vorbereiten und die geschlossenen Katzenhäuser putzen. Je fünf Katzenklos gründlich ausmisten. Fegen. Alle Decken, Kissen, Liegeflächen enthaaren. Glatte Flächen und Fußboden bis in die Ecken putzen, auf Knien, mit Hand, damit jeder Winkel erwischt wird. Vor dem Haus die Terrasse dito.

Im ersten Haus sind fünf Katzenkinder und zwei ängstliche Große, die nicht angefasst werden wollen. Die Babys toben und schlafen in abruptem Wechsel. Eine und eine viertel Stunde Arbeit. Bin schweißüberströmt. Pause machen mit Katzenwelpen im Arm. Im zweiten Haus sind vier erwachsene, aber kleine, zarte Katzen. Sie suchen Nähe und Menschenhände. Hier brauche ich anderhalb Stunden. Dackel Bodo ausführen. Eigensinniger Herr. Zeigt mir den Weg und wälzt sich auf dem Wiesenrand am Acker. Futterküche und alte Futterküche unterscheiden lernen. Quarantäne-Räume kennenlernen.

2. Tag

Lappen aus der Desinfektionslösung nehmen, Laugeeimer vorbereiten. Dabei muss ich an ein Buch denken, in dem eine Frau auf den Knien ihren indischen Ashram putzt. Je fünf Katzenklos gründlich ausmisten. Fegen. Alle Decken, Kissen, Liegeflächen enthaaren. Glatte Flächen und Fußboden bis in die Ecken putzen, auf Knien, mit Hand, damit jeder Winkel erwischt wird. Vor dem Haus die Terrasse dito. Die Katzenwelpen produzieren eine Unmenge Köttel. Brauche lange für die Klos. Leere Katzenfutter-Schälchen einsammeln, Spülen. Achtung: Gut belüftet zum Trocknen aufstellen, da sie aus Bambus sind. Spülmittel ist teures Naturprodukt, also höchst sparsam dosieren. Futterreste zu den Schweinen bringen. Hühner mit dem übrigen Reis von unserem Mittagessen füttern.

3. Tag

Eimer und zwei Schaufeln, Hundekot im Gelände gründlich wegräumen. Ich kenne alle Mülleimer, den für Katzen- und Hundekack, den für Futterdosen, den für Restmüll. Waschwasser für die Kackeimer kommt in die Abflussrinne. Manchmal mit Wasserschlauch nachspülen. Ashrams. Lappen aus der Desinfektionslösung nehmen, Laugeeimer vorbereiten. Je fünf Katzenklos gründlich ausmisten. Fegen. Alle Decken, Kissen, Liegeflächen enthaaren. Glatte Flächen und Fußboden bis in die Ecken putzen, auf Knien, mit Hand, damit jeder Winkel erwischt wird. Vor dem Haus die Terrasse dito. Leere Katzenfutter-Schälchen einsammeln, Spülen. Achtung: Gut belüftet zum Trocknen aufstellen, da sie aus Bambus sind. Spülmittel ist teures Naturprodukt, also höchst sparsam dosieren. Dackel Bodo eine halbe Stunde ausführen. Altpapier in die Altpapierecke in der Scheune bringen. Den Scheunenkatzen Futter hinstellen. Beim Mittagessen über die Flügel-amputierten Schwäne gesprochen. Es geht ihnen gut auf dem Feld mit Teich. Reste vom Mittagessen, die nicht Schweinefleisch sind, in den Schweineeimer. Die Schweine sollen ja nicht sich selber fressen.

4. Tag

Eimer und zwei Schaufeln, Hundekot im Gelände gründlich wegräumen. Dreiundzwanzig Futterschälchen für alle vier Katzenhäuser gefüllt und verteilt. Etwas Schoß-Zeit für eine traurige Katze im großen Offenhaus. Zeit für Hunde. Ich kenne jetzt Cedar, Astra, Amethyst, Andrew, Abba, Elly, Betty, Latoya, Püppi. Andrew, der riesige schwarze Fellberg, versperrt gerne die Tür zur Futterküche. Muss geschoben werden. Latoya versucht mit ihren zwei Zähnchen ständig Angriffe auf Hosensäume. Oder auf Ellys Beine. Elly ignoriert das und zieht sie am Bein ungerührt hinter sich her. Im hinteren Rudelgehege lacht Laser mit hochgezogenen Lefzen, wenn er gestreichelt wird. Lappen aus der Desinfektionslösung nehmen, Laugeeimer vorbereiten. Je fünf Katzenklos gründlich ausmisten. Fegen. Alle Decken, Kissen, Liegeflächen enthaaren. Glatte Flächen und Fußboden bis in die Ecken putzen, auf Knien, mit Hand, damit jeder Winkel erwischt wird. Vor dem Haus die Terrasse dito. Leere Katzenfutter-Schälchen einsammeln, Spülen. Achtung: Gut belüftet zum Trocknen aufstellen, da sie aus Bambus sind. Spülmittel ist teures Naturprodukt, also höchst sparsam dosieren. Die alte fast blinde Astra wackelt hinter mir her und leistet mir vor der Absperrung Gesellschaft beim Putzen. Hunde über Mittag ins Haus. Paolo trösten, der allein draußen bleiben muss.

5. Tag

Eimer und zwei Schaufeln, Hundekot im Gelände gründlich wegräumen. Hinter dem Nagerhaus Fallobst vom alten Apfelbaum einsammeln und zu den Schweinen bringen. Nagerhaus säubern. Sand schaben, Köttelchen weg. Sand schaben, Köttelchen weg. Sand schaben.... Nagerhäuser außen und innen putzen. Neues Grünzeug schneiden. Lappen aus der Desinfektionslösung nehmen, Laugeeimer vorbereiten. Je fünf Katzenklos gründlich ausmisten.

Fegen. Alle Decken, Kissen, Liegeflächen enthaaren. Glatte Flächen und Fußboden bis in die Ecken putzen, auf Knien, mit Hand, damit jeder Winkel erwischt wird. Vor dem Haus die Terrasse dito. Futterdosen pressen. Mittag-essen. Leere Katzenfutter-Schälchen einsammeln, Spülen. Achtung: Gut belüftet zum Trocknen aufstellen, da sie aus Bambus sind. Spülmittel ist teures Naturprodukt, also höchst sparsam dosieren. Dackel Bodo eine halbe Stunde ausführen. Einen Kaffee trinken.

6. Tag

Eimer und zwei Schaufeln, Hundekot im Gelände gründlich wegräumen. Leere Katzenfutter-Schälchen einsammeln, Spülen. Lappen aus der Desinfektionslösung nehmen, Laugeeimer vorbereiten. Je fünf Katzenklos gründlich aus-misten. Fegen. Alle Decken, Kissen, Liegeflächen enthaaren. Glatte Flächen und Fußboden bis in die Ecken putzen, auf Knien, mit Hand, damit jeder Winkel erwischt wird. Vor dem Haus die Terrasse dito. Heute Trockenfutter- und Wasserbehälter in den Katzenhäusern auffüllen. Beim Mittagessen wieder von den Schwänen gehört, die in die Hochspannungsleitungen geflogen sind. Dackel Bodo eine halbe Stunde ausführen. Leere Katzenfutter-Schälchen einsammeln, Spülen. Achtung: Gut belüftet zum Trocknen aufstellen, da sie aus Bambus sind.

Spülmittel ist teures Naturprodukt, also höchst sparsam dosieren. Einen Kaffee trinken.

7. Tag

Wir sitzen zusammen: Cedar, Astra, Amethyst, Andrew, Abba, Elly, Betty, Latoya, Püppi und ich. Wir machen Pause. Wir erzählen uns was. Aber nicht von den Schwänen.

Short message story

Lieber Ferdinand, wo steckst denn du?

2 Minuten später
Habe mich verschlafen verトrödelt vergessen-

1 Minute später
Hauptsache, du fällst dir wieder ein!

30 Sekunden später
Aber immer! Meine Lebensaufgabe!

Ein Tag später
Ani, wie geht es dir heute mit der Packerei?

30 Minuten später
Danke! Sehe Licht am Horizont!
Aber Rüüückenschmerzen! Ab heute nehm ich
krankfrei. Ani

2 Stunden später
Wie herrlich ist es draußen – hab ich fast
vergessen – Ani

1 Minute später
Kann ich dir helfen, meine Liebe – fragt Ferdinand
aus der Sonne, die du nicht siehst.

20 Sekunden später
Ja!! Komm und lies mir was vor!!

1 Tag später
Das waren schöne Geschichten gestern. Habe mehr Kartons geschafft als an allen anderen Tagen!!

1 Stunde später
Hab 3 Bahnen Deko-Tapete geklebt – gefällt mir!

1 Minute später
Werde ich morgen begutachten!

2 Minuten später
Schlaf du gut! Ich wünsche dir einen Rücken, der weniger weh tut als meiner!

1 Minute später
Was ausnahmsweise nicht schwer sein dürfte... Dir eine wunderbare erste Nacht in der neuen Wohnung!

10 Sekunden später
Danke!!!

Ein Tag später
And they began this day with hope. John Steinbeck. The Pearl.   Ausgewählt von Ferdinand

Eine Stunde später
Und übrigens: Ich habe mal wieder einen Essay geschrieben, und wieder mal 2 in 1! Würde ihn dir gerne zeigen. Ferdu

5 Minuten später
!!!!!!!
Bei den Baumstämmen?

10 Sekunden später
Ja! 15 Uhr?

10 Sekunden später
Gebongt!

3 Tage später
Meine liebe Ani, ich muss an dich denken und wie du auf einem Baumstamm liegend zuhören kannst und wie du Kränze flechten kannst und.... ..... überhaupt

5 Minuten später
War ja Moos auf dem Stamm!

10 Sekunden später
Quasi erstklassige Luftmatratze!?
10 Sekunden später
Sozusagen, nur ohne Aufblasen...

10 Sekunden später
Und weißt du ein Geheimnis?

10 Sekunden später
Nei-en!!

10 Sekunden später
Wissen wollen?

10 Sekunden später
Unbedingt!!!!!!!!!!!!

10 Sekunden später
Hab mir die Klamotten mit Moos versaut. Aber jetzt nicht mal einfach nur so, sondern dir zuliebe, weil es war mir ganz egal, als du neben mir gesessen und gelesen hast...

10 Sekunden später
Ich ruf dich an!

3 Tage später
Ach du, ein paar Tage ohne dich, das ist, als ob am Meer ein frischer Wind fehlt. Ferdinand

10 Sekunden später
Was schließen wir daraus??

10 Sekunden später
Keine Ani-losen Tage mehr!!!

20 Sekunden später
Darüber werde ich jetzt gründlich und lange nachdenken.......

1 Stunde später
Wenn ich einmal zum Tanz ausgeh, dann nur mit
deinem Kranz aus Klee – doch weil ich gar nicht
tanzen kann, komm ich mit meinem Ranzen an.
p.s. Kranz liegt hier noch

10 Sekunden später
Man kann auch tanzen mit dem ranzen und bei
dem tanz trägst du den kranz und wenn du nich
kanns mach ich den tanz   yippiyeah

10 Sekunden später
Nicht schlecht! Aber-
Klein Kranz! Mitten auf Kopf gelegt, bei Tanz-
schritten von Kopf gefegt!-   Ferdinand

10 Sekunden später
Dann flechten wir paar Blümchen zu – und cha cha
cha FerdiFerdu
10 Sekunden später
Tanze in den Tag! Sagt Ferdu

Ein Tag später
Ani, besser als jeder Film ist deine Art, ihn zu schildern – toll!
Hat mich verzaubert, dein Zauberberg – bin ich nun Riese, Frrosch oder Zwerg? Sei kein Frosch! Guten Tag dir! Ferdu

Ein Tag später
Ach du, deine Medizin-Tiefs machen mich ganz verzagt....

2 Minuten später
Monday monday, please trust that day! Ferdis Dandies

10 Sekunden später
I try ;-)

10 Sekunden später
You' ve got the whole wild day in your hand, and pull the old bastard over the table! Yeah! Grölen Ferdis Dandies

1 Tag später
Tuesday ist Tu-es-Tag! Ferdis Dandies

20 Sekunden später
Oh ihr Dandies, ihr schickt mir jeden morgen ein

Stück Kraft! Danke!

Sollen wir heute nachmittag spazieren gehen?

4 Stunden später

Die rote Bank am Feld – Startrampe fliegender Teppich – wäre auch ein guter Ort zum Sterben – three two one zero – und abheben – danke für den schönen Gang!

10 Sekunden später

Lieber, denkst du wirklich schon ans Sterben? Bitte nicht -

10 Sekunden später

In Gedanken, versuche ich manchmal, es mir kommod zu machen, das Sterben, meine ich. Aber Priorität hat die rote Bank! Und zwar mit dir! Und fliegen! Und zwar mit dir! Und wenn mit dir, dann heißt das LEBEN!

1 Minute später

Das war jetzt mal ein Lebensangebot! Kuss!!

1 Stunde später

Turn whens-days into thens-days!Say: Then we dance, do not say: When … - Only say when, when you are fed up with wednes-days! Then I want to dance with you, best of the Ferdi- gäng.

10 Minuten später

So w h e n I go to dance I go with you and I hope
t h e n my wohnung ist fertig Ani-nanü
p.s. Und ich mäh jetzt noch den Rasen!

5 Minuten später

Nani, ich stelle mir vor, dass wir zusammen eine
mir noch ziemlich unklare Sohle auf dein wunderbares Parkett schmeißen! Zu „En mediterranee",
besser zu „Una festa sui prati" - auf deiner Wiese
– also bohner und mäh, ma non troppo – ein Kranz
ist kein Sturzhelm! You know? Sagt Ferdis gäng

4 Stunden später

Weißt du auch dass mir Situationen wie eben
Angst machen? Mein Gefühl scheint mir zu stark
für mich. Bin verloren für die Liebe oder was ach
lass uns einfach tanzen und dichten!!! Und den Sekt
austrinken.....

1 Minute später

Und übrigens: man kann doch den Kranz über den
Sturzhelm tun!

1 Tag später

On thirst-days we shorten the shelf-life von Worten, we drink from the lips – and get a schwips.
Ferdis gäng.

1 Tag später

Das gestern abend, das war die schönste Telefon-liebeserklärung der Welt, habe als teenie zuletzt so lange telefoniert....Kurzum Ferdigäng, bin ganz daneben und matt und habe wohl etwas über den thurstday getrunken dabei pu

10 Minuten später

On fried days you may get extra sausages or a fork, if you are not vegetarian. Germans are free, but tend to make love to freia, wo dann, also Wodan sie saufen and lie in coma the whole free weekend. Ferdis gäng.

3 Minuten später

I'm free for any fried thing at the sprocki cafe at about 2 p.m. Take you at the church?

10 Sekunden später

Yes.

1 Tag später

On said-her-day he said her, what he said her on thirst-day. Ferdis best gang.

20 Sekunden später

Wow! Der said-her-day ist mein favorit! Und ich bedenke die worte von thursday :-) Aninanü

1 Tag später
SMS today means „sunday morning silence". What a wonderful „ORT"! Ferdis gängs favourite.

1 Minute später
Seine Mehrzahl bildet ein Teekesselchen mit „Zusammenbau". Ferdi

10 Sekunden später
Ich komm nicht drauf. Ganz kleiner Tipp?

10 Sekunden später
Der allergeringste Tipp wäre schon ein Wink mit dem Flutlichtmast! Aber ich machs! Betrachte es als den Anfang einer Serie...Ferdis gäng trusts you, until midnight, carpe diem!

30 Sekunden später
Montage!!!

10 Sekunden später
Jäää!!!!!

5 Minuten später
Ich würde gerne kommen.....

30 Sekunden später
Ich habe Angst und Angst, du findest das blöd.......

20 Sekunden später
Ach Ani, wie sollte ich. Was glaubst du wohl, was mir die gäng die ganze Zeit ins Ohr flüstert?

10 Sekunden später
Angst???

10 Sekunden später
Japp

10 Sekunden später
Oh Herr, was sind wir für ein blödes Volk! Zu alt, oder?

10 Sekunden später
Sagt die gäng auch. Aber ich weigere mich, das zu glauben!!!!!!!!!!!!!!!!

10 Sekunden später
Okay, lass sie quatschen und komm!

1 Tag später
Dienstfahrt – nicht einsteigen, das steht auf dem leeren Bus. Geh nachts ins Depot und ändere es in: Vergnügungsfahrt, alles einsteigen! Tu es on tuesday! Ferdis gäng

20 Sekunden später
Komm zum Garten. Habe Knopf im Ohr und hör
die Klingel nicht

Ein Tag später
In vino veritas...

10 Sekunden später
Ja!
Wasserfrau: Ich lebe, weil ich frei bin! U.a. Ideen-
reichtum, Originalität, Individualismus, Provokati-
onslust! Hä, Ferdu hat Horoskop gelesen!

20 Sekunden später
Höre, du Provokateur, Original, du ideenreiches
Individuum, du Steinbock:
In der nacht des löwen
Wirft er den Kopf
Brüllt in den Wind
Unser lachen
schleudert er in die
krone des baums unter
dem wir liegen

5 Minuten später
Tagsüber sehen wir
zwischen den Blättern
des Löwenbaums die

blauen Sterne. Haben
so Sehnsucht …

Der Löwenbaum ist eine Kastanie. Dein Gedicht
ist toll. Ferdinand

30 Sekunden später
Danke und Kuss!
Geh, sagt die Wasserfrau, geh auf den Berg, Steinbock, eh ich dich umfließe! Ich weiß nicht, ob du
schwimmen kannst.

20 Sekunden später
Weiß ich auch nicht, sagt der Steinbock und ver-
biegt seine Hörner, damit er in den 650er passt.
Ferdu

20 Sekunden später
Dachfenster auf Hörner raus Wasserfrau   verteilt
sich auf dem Boden und wir sechshundert fünfzi-
gern durch die Gegend! Oder 302! Die fährt bis
Buer!

30 Sekunden später
„Gut gebrünnt, Növe! Nauter ans Orgen und Gno-
cke!" Ferdinald –
PS: Gensenkinchen guter Vonschnag.
Life goes on even on sunday. Ferdu sang.

30 Sekunden später
Wem sagst du das – du kleiner Kasper du!
Äh – großer Kasper!

1 Tag später
Die letzte Nacht war hälfte scheiß
a second sunday would be nice
Dann könnte man die gute hälfte bereden
und schlafen entspannen und freunde einleden...

3 Minuten später
Meine Liebe, dein Trost tat so gut! Aber es tut mir
weh, dass ich deinen Schlaf weggesaugt habe...Was
soll ich sagen ...

1 Minute später
Ferdi, das hast du nicht! Wir MUSSTEN reden!
Warum denn soll die Krankheit über die Liebe
siegen? Das darfst du nicht zulassen!

3 Minuten später
Leider gibt es keinen zweiten Sonntag. Lass uns jeden Tag mit soviel Herz wie möglich gehen, wenigstens beginnen! Herz im Wortsinn!

2 Minuten später
Hab den ganzen Tag an dem Linolschnitt zu deinem Gedicht NACHTFRAGMENT verbracht – es

ist fertig. Nicht mein bestes, aber der Perlenmond ist gut. Außerdem gut gegen Stress. Ferdi

1 Minute später
Oh merci merci wispert die lichtlichtgraue perle...

1 Tag später
Wir haben den Termin für die Zeit-Lesung!
Wir können an die Plakate! Und ich denke nach...

10 Sekunden später
Jaaaa...??

10 Sekunden später
Liebe ist eine Kraft, die dich so sieht, wie du (noch) nicht bist. (Oder nicht mehr bist.) Quelle mir unbekannt –
PS: Weiß nicht, ob das stimmt, ist sicher auch gefährlich, aber jedenfalls nachdenkenswert – oder?
Weiser auf Zeit Ferdu

20 Sekunden später
Weiser auf Zeit! Dann wäre die Liebe ja tatsächlich ziemlich blind – im positiven wie im negativen Sinn!?

20 Sekunden später
Sie sieht beides, Realität und MÖGLICHKEIT.

Sie versucht, offen zu bleiben. Und sie urteilt nicht – und hat Geduld – idealerweise. Sie ist, wie in Brechts „Mutter" gesagt wird, „das Einfache, das schwer zu machen ist". Das reicht (?). Aus dem bodenlosen Fass der Weisheit. Ferdu

p.s.Brecht sagt das allerdings nicht von   L i e b e , sondern vom Kommunismus! Ist   vielleicht   gar kein so großer Unterschied(?). Der WAZ, der Weise auf Zeit

5 Minuten später
Mensch WAZ! Mich überfordern solche Sätze. Sind so absolut und bibelstundig, bringen nichts in mir zum klingen. Sei doch wieder dumm auf Zeit!

1 Minute später
Hab so klug geschissen, dass ich Durchfall gekriegt hab! Echt. Ferdus 00 Gäng.

20 Sekunden später
Und da wir grad beim Klugscheißen sind: Was hältst du von „Zeit(dummer)Weise? - für unsere Lesung, oder auch anders   geschrieben: „ZeitDummer- Weise?"? Ferdu

10 Sekunden päter
Ach nööö...nicht sooo toll...gibt glaub ich Verständnisprobleme. Halbweise auf Zeit hihi

1 Tag später
Habe den plakatentwurf per mail bekommen. Sieht toll aus!

10 Sekunden später
Bin gespannt. Hab mittags Termin im Kranken-haus, bin zwischen 3 u. 4 zurück. Ferdu

3 Stunden später
Warten. Wollte, Du wärst hier. Wish you were here... Wetterbericht (Haiku)
ZeitWeise Regen In
Hochlagen Schnee unter
Der Sonne immer...
Ferdu

20 Sekunden später
Ferdl, „Zeitweise" – erscheint mir das Leben so ent-setzlich kurz... Frühling und Sommer sagen über-haupt nicht guten Tag und auf Wiedersehen sie hu-schen einfach vorbei.

20 Sekunden später
Meine Liebe, sie gehen und gehen und ES geht im-mer weiter.....

10 Sekunden später
Versprochen??

10 Sekunden später
„Am Anfang das Wocht"..." - Nicht die Schwäch-
ze?" - „Docht", sagt die Kechze, Ferdu deiner dir
dich liebe!!

1 Stunde später
Liebe Ani, während der Untersuchung habe ich gedacht, wie schön Zelten mit Dir wär – aber meine
doofen Krankheiten...Und wenn dann im Zelte de
Mücke und de Hummele dich verjücke – un
dann kanste nimme rus im Rän..." Ferdubua

10 Sekunden später
Was ist rä

5 Sekunden später
Falscher Knopf! Wollte fragen, was RÄN bedeutet.
Und weißt du, was auch toll wär? Lucca und Um-
gebung, essen bei Brigida in Celle und Oper in Tor-
re del lago und Arschloch Parkinson kriegt kleine
Stadtgänge mit 100 Bars für 100 Pausen!

20 Sekunden später
Rän = Regen – auf Kölsch.. Und Lucca? Lucca wär
wunderbar, aber das Beste an Lucca wärst ja Du,
oder? Ferdu

10 Sekunden später

Ich? Yeah! Ob das die Luccheser schon wissen? Oder sagen wir mal   zeitweise wären Sonne Stadt Musik und Wein besser!

10 Sekunden später

Lena als Anstands-Wauwau? Wow! Ferdis Gäng durch LUCCA.

10 Sekunden später

Liebe Ani, hab eine gute Nacht! Triff im Traum Puccini, mach mit ihm, was du willst! Eine Autofahrt – Lena mit von der Partie – wie wird er staunen über deine Vorrichtung zur Beseitigung von Hundehaufen! Ferdis care
p.s. Jeder Blick in deine Augen … Wie sage ichs einer Wortfetischistin? - Selber Wortgläubiger! - Glück – einfach JA. Ferdus Lack wohl ab – good luck!

1 Tag später

Hast geleuchtet gestern! Mit dem Anzug und von innen und aus den Augen! Und das wollte ich dir schon schreiben bevor ich deine sms gelesen hab! Und ja jetzt schlaf ich. Danach mäh ich Rasen...

20 Minuten später

Bin zu Hause, da Bus gekriegt, bin bei mir (und

doch bei dir) – das ist gegen die Physik, aber o.k. - Ferdus Naturkunde zurechtgebogen wie die Schlange um den Aeskulap-Stab – echt abgefahren.

10 Minuten später
Der blöde Rasenmäherschalter ist kaputt. Aber ich Pfiffikussin! Ferdibear, isch han de rase jemäht enfach an de kontakt trekke jeht ooch, drück dich

1 Tag später
Du sahst gestern abend oft traurig aus -   Ferd   is wotsching

1 Tag später
Ich sage dir immer noch: Die Jahre, die noch bleiben, will ich mit dir verbringen, und wenn es nur Monate sind, will ich auch DIE mit dir verbringen! Das schließt jede einzelne Nacht mit Stolperherz ein!!!

20 Minuten später
Ich starre seit 5 Minuten auf deine Nachricht, jetzt versperren die Tränen mir die Sicht. Kann ich kommen?

20 Sekunden später
Ja!!!

1 Tag später
Wie geht es dir heute, liebe Ani?

3 Minuten später
Weißt du, ein Abend mit dir ist wie eine Berg- und Talfahrt. Mein morgenengel dachte sich, er lässt mich schlafen. Und er schläft auch noch ooh guck da sind doch schon Sonnenflecken am Waldrand...

1 Minute später
Siehst du, auf die Natur ist Verlass, bei Engeln?...

30 Sekunden später
Och auf die Engel auch, brauchen nur manchmal etwas … Und irgendwann muss jeder Schutzengel doch mal verschlafen sonst würden wir ja ewig leben oder?

20 Sekunden später
Stell mir gerade vor, wie der Schutzengel verschlafen vor der Himmelspforte steht und stammelt: Oh Wau und Wach!

10 Sekunden später
Tja dann kriegt er wohl 'n Einlauf verpasst! Ich sang ich sung gerad so schön 4 schöne Lieder gibt's am Samstag! Freu mich auf Gang in Essen und gut Nacht nanü

20 Sekunden später
Ich freu mich auch – erst mal auf morgen – telefonieren wir uns zusammen! Gute Träume! Feirds teierd Gäng.

1 Tag später
Zeitweise Zeitschleife… Du holst mich da immer wieder raus – ich dich auch aus deiner? Zeitschleifensprengerin oder -löserin? Zu schwer für den Morgen? … Ja. Ferdus Bäng

1 Stunde später
Ach Ferdidu, warum, warum nur bist du so zaghaft?

1 Stunde später
Hej wo steckst du?

5 Minuten später
Habe Lesungs-Tasche gepackt. Nehme mal Notenständer mit! Cu

10 Sekunden später
Was heißt hier „CU"? „See you"? Wenn das richtig ist, bin ich ganz schön stolz, dass ich darauf gekommen bin. Light Ferdinand

10 Sekunden später
Genaaau – du alpha du!

3 Minuten später
Morning has spoken – jeder der tausend Vögel hat singend sein Territorium abgesteckt ... Hast du dafür Töne? Ferdis Klang

10 Sekunden später
Tja da kann ich mit meinen tönen nicht konkurrieren... Höre im geiste wovon du sprichst nanü

10 Sekunden später
KÜSSE DICH!!!

20 Sekunden später
Mein Lieber, Frau Pasch ist aus dem Urlaub zurück und kommt am sonntag, um uns zu hören! :-*

10 Sekunden später
Heißt das „positiv"?

10 Sekunden später
Nee das heißt Ani ist blöd und drückt falsche Knöpfe!

10 Sekunden später
Gilt der Kuss Frau P.?

10 Sekunden später
Klar!!!!!

10 Sekunden später
Wie Kloßbrühe!

10 Sekunden später
;-)

10 Sekunden später
@11@

10 Sekunden später
Soll ich jetzt rätseln?

10 Sekunden später
Klaro!!!

10 Sekunden später
Affenartig stark!?

10 Sekunden später
Verdammt gut, besser als mein Gedanke   d a b e i :
Waaaaas – ich glotz dich an wie ein Uhu!

10 Sekunden später
Soso – und das sollte ich raten!? (Knurps...)

10 Sekunden später
Nicht wirklich

10 Sekunden später
Rezept: Zeitweise (3mal tgl.) Zeitwiese, in einen Augenblick hinein schlüpfen und ihn dehnen – wie Bienen es mit Blütenkelchen machen. Gute Nacht, Ani. Ferdi.

10 Sekunden später
Danke mein Lieber, dir auch!

1 Tag später
Paul Simon ist einfach gut. Lass uns das nehmen!
Time it is … And what a time it is .. It is …
(…)today NOW … it must be … I have no pho-tograph … Preserve your   FANTASY … Book starts … Ferdu
Schreib mir nochmal das Original!

30 Sekunden später
Time it was
and what a time it was
it was
a time of innocence
a time of confidences
Long ago it must be
I have a photograph
preserve your memories
they're all that's left you.

6 Stunden später

Manchmal abends hüllt mich die luft in einen mantel ein dann schreitet sie auf den schultern eines riesen über die hügel fort wie leichter schmerz zieht sie dahin und ist doch da wie das warme kinderbett das auf mich zu hause wartet – welt und traum und einsamkeit und schützende hand auf meinem kopf
Ani

1 Tag später

Meine Liebste, bin heute nacht aufgewacht mit Herzschmerzen, wollte dir eine gute letzte Woche wünschen -und finde dein   Gedicht! Und darin Trost. dass du mich mitnimmst in deine Höhe und Tiefe! Und ich dich behüten darf! Ja, hüten – wie einen Schatz... Bevor die Worte etwas   f a l s c h machen, übernimmt die Amsel vorm   Fenster meine Antwort... Danke und Vieles mehr ... Ferdigang
PS: Herzschmerzen weg.

1 Minute später

Gut dass du Entwarnung für die Herzschmerzen gegeben hast! Einen friedvollen Tag wünsch ich dir! Dein Zeitbuch ist noch bei mir (seit Samstag) Ananü

12 Stunden später

Ich bin ganz glücklich – dass du da warst dass ich

diesen schönen Garten habe dass ich hier leise schaukelnd sitzen kann dass Lena vor meinen Füßen liegt die Katzen kugelig durchs Dunkel spähen dass es mir gut geht und bald Ferien sind – dass es dich gibt! Schlaf schön und ohne Herzschmerz!

1 Tag später
Wie schön! Macht mich auch glücklich! Guten Tag dir und uns! Ferdu

1 Stunde später
Ani, der Hardenstein fand unsere Lesung sehr gut, dabei uns beide auf Augenhöhe. Er freut sich darauf, dein Buch zu lesen – und wird es einem Kunstinteressierten weiterverschenken (er hätte ruhig ein Zweitbuch selben Inhaltes erwerben können, oder?)! Ich sitze mit einem Schachbuch vor dem Haus – und ordne meinen Geiheist – tohu-wabu-ferbu!!!

1 Minuten später
Kann ich rübbakomm mit Peter Mayle? Les ich was vor von de Provangse... Das ist nämlich gerade mein Lieblingsbuch! Und zwar schon zum zweiten Mal!

10 Sekunden später
Ja!

1 Tag später

17.Juli um 4 Uhr morgens: Seit halb 4 Amsel direkt vorm ½ offenen Fenster. Irdisch schön.

4 Uhr 45 der erste 650er – ohne mich, leer – immerhin mit Fahrer – in deine Richtung: irdisch praktisch. Hallo du da! Ich fühle dich!

2 Minuten später

Grad fuhr der 650er vorbei durch die Eingangstür flutet die Sonne du bist überall die Amsel ist grad rübergekommen und bestätigt das- ich schick dir einen guten guten Tag ***

3 Minuten später

...dass tatsächlich das alles bei dir angekommen ist - das finde ich so wunderbar...dass ich gleich meinen Bart gestutzt hab für kratzfreie Küsse. Da kamen mir ein paar Tränen, – wish we could find a good life to book in... without Herzschmerz und Parkinson.

1 Stunde später

Sitze draußen und spiele Schach, selbst Ziel der Zecken. Total verzeckt, das Spiel verzwackt, hat das Zweck? Ja.

1 Tag später

Am Morgen letzter Schultag: Der Kreis der Vermissten: Du wirst die Schule vermissen, die Schule die 1Satz-Busse, diese Busse mich, ich dich, du die Schule ...Gutes Wachwerden! Vermisse dich! Bevor ich dir auf den Wecker ..., Ciao! Ferdi

2 Stunden später
Der Wecker der Wecker der hat mich in den Tag gespült und ein 650er fuhr mit ausgebreiteten Armen den Berg hinunter und schickte mir einen Luftkuss oh ich schick zurück mit beiden Händen! Vermiss mich nicht ich bin doch da!!!

5 Minuten später
650 ... Wer hätte gedacht, dass das so ein Zauberwort würde? So gibt es auch 32 Schachfiguren... Wenn du einen Spaziergang planst, planst du mich ein? Ferdigang-geht

1 Minute später
Joaah, aber dauert, bin grad mit Kindern an der Ruhr. Bin gleich im Dorf Fotos drucken willst du evtl in meinen Garten gehen?

10 Sekunden später
Ja!

1 Tag später
Abhängen (ich) beim Aufhängen (Wäsche), das ist

der Tipp des Tages – gerade gemacht. Dann Auftauchen (frisch)   – gerade dabei! Gute Nacht,
Ani! Ferdis Kamm Bäck.

2 Stunden später
Zu spät zum Telefonieren.
Liebe Ani, ich habe überhaupt – und besonders dir
gegenüber – ein   so starkes Bedürfnis, etwas
ganz Neues zu machen – und zu leben: zusammen
und für sich. Dabei ist die Kunst ganz wichtig! Ferdu

10 Sekunden später
Alles Quatsch, ich hab dich sehr lieb. Punkt.

2 Minuten später
5 Uhr 34: Baumkönig mit dem grimmen Blick/
Dem Zögern in der linken Hand/   Hält sein Gefolge noch zurück/ Schickt nur die zwei die vor ihm
stehn/ Als Kundschafter zum Waldesrand/ Ferdu

1 Stunde später
Geschrieben. Wenn ich statt König Lehrer sage und
statt sein Gefolge seine Schüler und als Überschrift
Baumschule? Ach, was für Probleme! Wälzt Ferdu

1 Stunde später
Ferie, Ferie, / afjeleckte Herije (=abgeleckte He-

ringe) – das haben wir in Bonn geschrien - „Herkunft und Bedeutung unsicher" -   F e r d i g a n g s Vergangenheit

30 Minuten später
Was hältst du davon:
Haben die Ferien erstmal begonnen/ find ich im Bett die wahren Wonnen /lieg in den Kissen und denk dabei /ich schlaf ich schlaf ich bin so frei / Anü

20 Sekunden später
Seeehr schön!
Rätsel, knifflig: Der Gewahrsam eines unangenehmen Menschen?

10 Sekunden später
Schlangennest!

10 Sekunden später
Nein!

10 Sekunden später
Arschloch?

10 Sekunden später
Gut, aber leider falsch!

10 Sekunden später
Puh! Misthaufen? Schleimbeutel? ....
Oder heißest du etwa Rumpelstilzchen?

10 Sekunden später
Nein!

10 Sekunden später
…..............??????????

10 Sekunden später
Also gut: 8 Buchstaben, der 1. ein E. Der 5. ein H.

10 Sekunden später
Ekelhaft!!!

10 Sekunden später
Ja!!!!!

5 Stunden später
War in der Sauna und hab mich unter Wasser nach
Norderney phantasiert... Fühl mich gut ahoi nanü

30 Sekunden später
Wenn ich bedenke, dass ich nur einmal in meinem
Leben in der Sauna war … ob es mir gut täte? Es
war einfach unverschämt heiß! FerdisGANG über
glühende Kohlen...

20 Sekunden später
GutNacht!

10 Sekunden später
...danke! Und schlafe wohl auch du Kuss Kuss Kuss

Ein Tag später
6 Uhr 01: Du willst blindlings mit ihr reisen/Du vertraust ihr weil du weißt/ Sie berührt erst deinen Körper/Diesen unvollkommenen mit ihrem Geist – CohenFerdu

3 Tage später
Erst jetzt hab ich deine Cohen sms gelesen . Ferdi lieber Ferdi, was sollen wir bloß machen?

10 Sekunden später
Ich weiß was: Einfach erstmal ins Krankenhaus kommen! Ich darf jetzt Besuch haben!!!!!
Like a bridge over troubled water ... wollte ich noch sagen, aber wie vertrauenswürdig wäre diese Brücke?

10 Sekunden später
Sehr!! Weil meine Seele jederzeit drüber gehen kann, Liebster!

1 Woche später
Ich steige gleich in keinen geringeren als den 650er..
Oh Bus der Busse! Ferdu

10 Sekunden später
Und ich in den Renault mit ohne ein Fenster!
(Créateurs débiles!!!!)

4 Stunden später
Diese Parkinson-Pausen – du erscheinst mir wie
ein auf den Seegrund gesunkener Hippo, der unter
Wasser laaangsam weitergeht, dann auftaucht. Ta-
bletten wirken!

20 Sekunden später
Das Nilpferd geht dem/Fluss auf den Grund taucht
wieder/auf neugeboren. Vielen Dank dir für dieses
Bild – Ferdu

10 Sekunden später
Andere Version der 3.Zeile:.../auf ein Neues
– prust – viel Schwung für heute. Ferdu

3 Stunden später
Die Rosen und dein Hut – ein glücklich machendes
Bild-:-)

1 Stunde später
Keine sms/schon so lang/du hast keinen   Stress/
hoffe ich bang/ach der Sommer ist schön/und ich
möcht mit dir gehen/an das nordische Mittelmeer
an Hollands Strand/3 Tage lang :-)

1 Tag später
Ani, habe mich so über deine beiden SMS gefreut!
Die 1.: Das ist ja wohl die tollste Formulierung
der Tatsache, dass ich meinen Hut bei dir verges-
sen habe! Große Freude auch in mir auf die Reise!
Habe deine 2.sms gerade zur Melodie von Hannes
Wader gesummt. Freue mich sehr. Gestern kein
Stress. Bis bald. FerdiGängwei.

1 Stunde später
Wusstest du, dass ein Nilpferd 4 Minuten unter
Wasser bleiben kann, bei Gefahr auch länger? Fer-
dis WisDom, nachgeschlagen.

4 Tage später
Liebe Ani, das waren die anstrengendsten und
schönsten Tage seit sehr langem in meinem Leben!
Bin erschöpft und glücklich! Und du, die Frau der
1000 Taschentücher und Trompeten bist ab heute
Jericho!

2 Stunden später
Ich habe Angst-sagt jericho

2 Minuten später
Warum, Jericho, warum haben wir uns nur so spät kennen gelernt? Das frag ich, wenn ich untertauche und durch das bewegte Wasser dich leicht springen seh lachend – während ich mich langsam emporwälze. Dennoch bin ich glücklich. Was sagst du dazu? Frage ich
= Hippo
PS: gute Besserung deiner Katze!

5 Minuten später
Ich seh dich manchmal jung und gesund daher gehen oder besser: jünger und gesünder – und ich denke was ist denn da in meinem Leben passiert? Und ich fühle mich nicht allein – DAS ist in meinem Leben passiert – ich fühle mich beschützt. Arabeske des Schicksals: dass es so spät ist – nicht weiter, denkt jericho.
Mascha besser, aber noch eingeschränkt. Freue mich dich wiederzusehen.
Hab schon Ideen für unseren Ausflug!

20 Sekunden später
Heißt fr nachmittag auch fr abend? Kann ich schon pläne machen?! ;-) (freu) Jericho

10 Sekunden später
Ja! Darf ich mitplanen? Oder soll es eine Überraschung sein? Dass du nicht mehr alleine bist... macht mich glücklich! Ferdinand

10 Sekunden später
Gefällt dir HIPPO nicht mehr? - würde gern mit dir planen – was schlägst du vor? Jericho an Ferduhippo :-+

10 Sekunden später
Hippo gefällt mir sehr gut, besonders die Vorstellung, dass dieser gemütliche Koloss einfach auf dem Flussboden weiterläuft, bis er wieder aus der Tiefe auftaucht! Das ist so schön, da möchte ich mitgehen! - Zur Freitagsplanung muss ich mir noch Gedanken machen – u.a. Gelsenkirchen? Ferdu(sAus)gang.

1 Tag später
HIPPO! Gehts dir gut?? Jericho steht auf und findet keine digitale Umarmung :-(Hab mich gestern mit Buer beschäftigt u dir im Geiste einiges gezeigt. Habe im internet tolle Fotos gefunden! Ganz feste Drückung!

5 Minuten später
Gute Träume (von FerdEN auf Flusspferden in der

Strasse von Sansibar zum Beispiel)! Gott behüte dich.

1 Tag später
Prust auf diesen Tag, sagt Hippo – und tauaucht auf.

2 Stunden später
Ich schwimme durch ein sprudelndes Wechselbad der Gefühle und drohe manchmal zu ertrinken und dann flieg ich wieder hoch wie die kite-surfer in noordwijk. Bin aufgemischt und angeschlagen. Jericho

3 Minuten später
Geht mir ähnlich, dabei suche ich nach einer Lösung. Die unsere Herzen wieder leicht macht. Aber du, wenn du nichts dagegen hast, steige ich in einer Viertelstunde in den 650er und fahre zu dir. Ferduhippo

1 Minute später
Wann kommst du an? Hol dich ab mit Lena

10 Sekunden später
10 vor 2! Da kannst du ruhig bald losgehen. Wie Hippo wohl in den Bus kommt?

5 Minuten später
Später: Minütche komme aus dem Wald

1 Tag später
Uhrzeitmäßig mach ich jetzt den Ferdi-gang (schlafe selten durch). Ich wollte sagen, dass es mir leid tut, wenn ich gestern zu viel gequasselt habe. Buer hat immer noch die Macht, mich innerlich aufzukratzen. Beim nächsten Ausflug wählst DU das Ziel   einverstanden? Fragt Jörichö (Schämgesicht)
PS: Das Tanzen im Lokal war wunderbar!

20 Sekunden später
Nein, Ani, du hast nicht zuviel gequasselt – Entschuldige du bitte mein „Pokerface"! Wenn zuviel auf mich einstürmt, hilft mein Körper sich so (?). - Es ist mir aber auf einmal aufgegangen, dass Reisen mir weit weniger bedeutet als dir (?). Für ein gelungenes Gedicht/Bild lasse ich jede Reise sausen! Gottfried Benns Gedicht „Reisen" spricht mir aus der Seele. Findest du es? Hippo auf Grundeis
PS: Allerdings fehlt mir in Benns Gedicht das DU! Das DU, das Hippo aus dem Wasser loseist. Guten Tag dir! Ferdi

3 Tage später
Bin von der Intensiv runter. Ich rufe später an!

1 Tag später

Für was ich gerne sagen möchte habe ich nicht die richtigen Worte es tobt durch meine Brust wie eine ganze Horde Löwen – oder besser FERDE? Um mich herum ist eine wunderbare Hülle und in meinem Herzen tut es weh...

20 Sekunden später

P.s. Aber ist alles gut so dd – heißt ich drück dich

10 Sekunden später

Und ich drück dich, Ani, ganz fest. Ferdu

1 Tag später

Hippo Herzschwer an Jericho Herz auf dem rechten Fleck. Guten Tag dir!

10 Sekunden später

Herzschwer – haben die Gewichte einen Namen? Kann ich etwas mittragen? DD   jericho

20 Sekunden später

Leider wenig, ein Teil der Gewichte betrifft meine Krankheiten, der andere meine Selbstzweifel. Bin ich nicht eine zu große Zumutung für dich? Ich wäre so gerne weniger Last... Ferdu

10 Sekunden später
NEIN! Herausforderung ja, Zumutung nein! Im gleichen Augenblick wie du habe ich eine sms angefangen zu schreiben. Heute fühle ich mich stark und mich könnte nur eins aus dem Gleichgewicht bringen: dich nicht mehr zu sehen. Die angefangene sms schicke ich dir trotzdem noch und ich freue mich wie doof auf unser nächstes Schmusen Ausflüge Gedichte schreiben vorlesen essen rumhängen fernsehen und ööh ... dd jericho
P.S. Ich lege zwei Hände auf dein Herz und halte es warm – sagt Jericho

30 Sekunden später
Danke. Ich fühle es. Hippo wirft den Stein aus seinem Herzen weit von sich!

10 Sekunden später
Hepp – gefangen! Schmeiß ihn in die Sträucher – der zerfällt, der wird Dünger! Dünger für neues Leben!

10 Sekunden später
Toll! Das ist es! Ani, ich kriege eine solche Sehnsucht nach dir! Würde mich gern in den nächsten 650er setzen + zu dir kommen. Geht das für dich?

10 Sekunden später
Ja!!!!!!!!!!!

1 Tag später
Bin 12.15 bei dir. Hippo gut über Wasser – naja, hält sich so. Es ist tatsächlich eine Nebenwirkung eines Parkinson-Medikaments, diese plötzlich einfallende Müdigkeit! Die mich auf der Stelle in den abgetauchten Hipp(o verwandelt!)

30 Sekunden später
Dann müssen wir dir auf dem Flussgrund noch ein Bettchen bauen...

5 Tage später
Hippo on tour umarmt dich mit seinen wackligen Beinen, Hände krückentechnisch nicht frei!! An das Wohnen mit dir kann ich mich gewöhnen!!

10 Sekunden später
*** (freueueu) Drüüüück Knutscht Jericho
p.s. Wie kann man nur solche Sehnsucht haben :-

1 Minute später
Hab auch so Sehnsucht nach dir! Hab mich abgeseilt (Spaziergang), bin in einem fast leeren Park, dir nah. Tauche auf, drücke dich, trage dich auf mir, gut. Hippo im Untergrund

5 Minuten später
Ich liebe dich

10 Sekunden später
Ich liebe dich auch

5 Minuten später
Jericho, ich wünsche uns Mauern, die deiner Posaune und meiner Bullrichkeit (!) nicht standhalten. Hippo

3 Minuten später
Ich werde sie für dich umblasen – und du machst ein schönes Mosaik aus den Steinen! Eins auf dem man gehen kann wie in Santa Maria dei Fiori und „hinabschreiten alle Stufen" das machen wir dann gemeinsam – träumt jericho und ICH GLAUBE AN MEINE TRÄUME

2 Minuten später
Hippo hat Bedenken, sieht aber nicht schwarz! Freut sich sehr über deine Sms. Tanzt.

3 Stunden später
Alles gut! Werde nächste Woche entlassen! Freu mich dermaßen...

10 Sekunden später
Ich erst...Du weißt nicht was ich ausgestanden hab. DIE (depressive idiotische Einsiedlerin) an KAK (kranken alten Knacker) erklärt jericho zu den besten Unwörtern des Jahres und hat keine Worte für ihre Freude

1 Tag später
Tuten Gag, Jericho!

10 Sekunden später
Mödblann! Düss kich :-*

10 Stunden später
Würde so gerne kommen, kann aber nichtvor 23 Uhr. Dann bist du schon im Schlaf(mannszug), oder? Hippo

10 Sekunden später
Wirklich gegen11? Dann schlaf ich nur mit einem Auge ;-)

3 Tage später
Liebe Jericho, bitte kein Bütterchen für Hippo (er hat grad erst deins von gestern gemampft + ist noch ganz voll davon), gerne ein Bierchen! Die Zeit ist genau richtig! Hippo, der gerade den Nil über-schwappen lässt.

1 Tag später
Mein gar Liebster jetzt geht die Ani singentirili wie geht es dir und dem Herzen?? Dd Jericho

5 Minuten später
Ani, ich liebe dich, weil du so real bist, weil du Zukunft hast und mir das Gefühl gibst, auch Zukunft zu haben. Ja, du machst mir Mut + Lust auf Zukunft. Wieder und wieder aufzutauchen. Hippo

1 Tag später
Wir üben Weihnachtslieder – und Weihnachtshistorie von Schütz!

5 Minuten später
Sehr gut!!! Hippos Rat für Jericho. Posaune nicht im Chor spielen!

3 Stunden später
Mausehund hat einen gesalbten Hintern und soll eine Unterhose tragen aber die zieht sie immer aus – liegt dann in der Wohnung rum Zustände sind das – schlafe wohl ich freu mich auf morgen jericho

2 Minuten später
Zustände wie im alten Rom, nur wurden da keine Weihnachtslieder gesungen, knurrt Ferdi seine Gäng an (die gerne mitgesungen hätte).

10 Sekunden später
:-+ Nachti!

1 Tag später
Hippo wohlauf. Öffnet sein riesiges Maulwerk:
Wie wärs mit nem Küsschen? Du siehst den Nil-
schlamm   zwischen Hippos Zähnen und 1)
Bietest ihm .ine Zahnbürste an, 2) Wendest dich
mit Grausen ab, 3) Küsst ihn, wobei der Schlamm
zwischen euren Gesichtern herausquillt. Zu welcher Antwort neigst du? (Frage 5) des Metamor-
phosen-Inventars Hippo und Freu(n)de

20 Sekunden später
Ja sag mal hast du den Kasper gefrühstückt? Nicht?
Dann schmier dir den Schlamm aufs nächste Büt-
terchen! – Putz dir die Zähne und komm mit einer
Rose im Maul wieder – sagt jericho

1 Minute später
Verzeihung! Manchmal reitet ein Schalk! Aber Ro-
sen vom Nil nach Jericho...Warum nicht? Weinrote
– Ani, ich liebe dich. Punkt

2 Minuten später
Und ich liebe dich auch. Und sehne mich nach
Alltag - mit dir. Punkt.
Und soll ich dir was sagen zu dem Thema, also das

Sterben meine ich-? Ich lehne das ab!!! Ich persönlich lehne das ab!!!!!!!

1 Tag später
Hallo Jericho! Wo steckst du gerade? Kann ich dich anrufen? Ferdinand

3 Stunden später
Denke an dich und was ICH für ein Mensch bin an deiner Seite. Ich bin dir dankbar. Deine Ani

1 Stunde später
Ani, bei Visite Entlassungstag auf Anfang nächster Woche verschoben, nicht fit genug (nicht wie Turnschuh, eher wie Filzpantoffel). Also: „gemach"! Ferdi -Langsamgang

2 Tage später
Am Grunde des Mariannengrabens Hippo und Ferdinand mit seiner schwarzen gäng in Anis Garten eingefallen. Wirf weg den Stein von gestern, vergiss ihn, wenn er nicht Licht war! Deine Rose ist noch (fast) unverändert schön. Hippo nimmt sie in sein breites Maul und ...Halt, Hippo, nicht fressen, die Dornen! Hippo grinst. Dreck reinigt...
PS: Mein Herz gefällt dem Arzt nicht.
Unverschämtheit!

1 Tag später

Dein Herz braucht Massage. Ich nehme es in die Hand und reibe es behutsam, es stolpert, schlägt dann im rechten Takt. Lange lange

3 Minuten später

Danke!

10 Minuten später

Heute morgen hab ich gewünscht du wärst mit im Auto – der erste richtige Herbstnebel war da, ein Wegweiser in die kalte Jahreszeit. Und mir fiel wieder ein: : das schien mir das Glück – den Gang durch die Jahreszeiten mit dir zu teilen. Denke ja sowieso schon seit Jahren in solchen Momenten an dich. Jericho aus dem ausgetrockneten Mariannengraben - wo ist der eigentlich?

10 Minuten später

Der Mariannengraben liegt östlich der Philippinen im Pazifik! Ein Mariannenbecken gibt's auch – willst du echt sooo weit? Boh hippo... Das Krankenhaus ist schon so weit :-(

5 Stunden später

Eine wundergute Nacht mit sanftem Schlaf wünscht mit schmerzender Sehnsucht im Herzen jericho der ganzen gang und Herr Ferdinand, bleiben Sie mir gewogen :-* Liebesgrüße aus dem Mariannengraben

5 Minuten später
Ani, und ich wünsche dir eine Nacht in dem Stifterschen Gasthaus vor der Narrenburg. Morgen werde ich noch weiter weg sein und dich noch mehr vermissen...

2 Tage später
Jericho wackelt im Mariannengraben rum und trötet gegen hohle Wände. Zeigt leichte Form von Hippogang-Syndrom. Grüß die gang und küss den Ferdigang!

1 Tag später
Herr Bst geht durch das Land...Das singen wir mit den Kindern. Heute Nacht hat er eine lange Nebelschleppe im Garten liegen gelassen... und du liegst mir schwer auf dem Herzen – und 1 Million Gedanken dazu ...jeriani

1 Stunde später
Hippo gibt's dich noch? So als hippo mein ich-Sag doch mal wie es dir geht sagt jericho

2 Minuten später
Ja, es gibt mich noch – halb auf Tauchstation, halb

über Wasser. Mein Herz kränker als ich dachte.

1 Stunde später
Ani, kommst du heute? Wenn ja, wann? Ich würde mich sehr – na was wohl? - freuen. Ferdu

1 Tag später
Liebe Ani, Dank für alles + ich liebe dich. Ferdu p.s.Die Gäng hat das ganze Krankenhaus in Brand gesteckt (nachts, während ich schlief, kein Personenschaden).

10 Minuten später
Und ich hab F2 geschrieben! Jericho

1 Minute später
Toll! Und meine letzten Nachträge für M2 sind mit dem Brief im Kasten. Ferdus Gäng tüftelt an einem Konzept gegen die Krähen: Es ist   ein   Schwarm von Hunderten von Krähen am nächtlichen Himmel, dazwischen Singvögel. Ein Höllenlärm. Was bedeutet das? Dir eine gute Nacht!

2 Minuten später
Also irgendwie klingt das gefährlich für die Singvögel... Ich hoffe jetzt sind sie weg und du kannst schlafen. Kuss von Jericho

20 Sekunden später
Dir eine gute gute Nacht

1 Tag später
Hippo schreibt in den weichen/Schlamm einen Liebesgruß/Für Jericho ein Zeichen/Für andre nur sein Fuß/ Doch Jerichos Posaune/Reißt Hippos Wände ein/ Ich stehe da und staune/ Sie sollten tragend sein!

20 Sekunden später
Applaus!!! Ganz neugeboren stehst du da/ Wolln wir ein Tänzchen wagen? /Und Mauern bauen zum Posaunen/solche die wirklich tragen?

20 Sekunden später
Bin für ein Tänzchen noch zu schwach, doch über Auftauchen lässt sich reden Hippo taucht auf!! Und gießt das schlappe Grünzeug mit Nilwasser – aaah

1 Tag später
Ich komme heim! Und höre: Im weitgehenden Vollbesitz meiner geistigen Kräfte, allerdings körperlich ziemlich ramponiert, sage ich, dass ich mit dir, Ani und Jericho und Liebe (Hund auch) zusammenleben will, wohl wissend, dass ich dir mit der Lebenszeit, die mir noch bleibt, nicht viel geben kann... Jetzt, 15.02 Uhr, bin ich gesprungen. Ferdinand

(Zeugen: die Gäng, vollzählig + Hippo, ganz
über Wasser)
p.s. Auch Katzen inklusive....

1 Tag später
Da hab ich mich verrücktgefreut und dann...
Oh Hippo, ich habe solche Angst gehabt!! Ein Herz
unter dicken Verbänden, blutfleckig, tappt fast blind
daher, stolpert, fängt sich, zwinkert mit dem se-
henden Auge, muss grinsen, boh scheiße, muss doch
hier irgendwo weiter gehen - Und jetzt deine Nachricht!!! Das wird ein Leben!!! Una festa sui prati!!!

2 Minuten später
Hört sich ganz schön schlimm an! Aber du hast
Trompetenkräfte!! Was macht Jericho, wenn die
Mauern fallen? Fragt Hippo

30 Sekunden später
Wenn die Mauern fallen, dann fallen sie auf den
dicken Verband – und wenns Herz wieder heile ist
und der Verband wieder ab – dann stehn die Mauern wieder – und fallen nie wieder um! (Hab grad
russische Märchen gelesen ;-))

1 Minute später
Dass deine Gedankenbilder in den russischen Märchen vorkommen, das ist ne Wucht! Sagt Hippo

5 Minuten später

Ne die Gedankenbilder sind schon von mir - nur unter dem Einfluss dieser Märchensprache weißt du... Mein Herz glückt und bangt so vor s i c h hin...

Die Bäume freuen sich gelb und leer
das Feld freut sich nass und braun
die Katzen freun sich rennerei
Lenahund freut sich kacki kacki
ich freu mich doof und dusselig...!!!

5 Minuten später

Hast mich sehr zum Lachen gebracht mit deiner Viehcherei! Ich freue mich still, als trüge ich einen Liebesbrief bei mir, den ich noch nicht gelesen habe – und suchte einen guten Platz dafür.

Ferdinand

Da leben sie!!! Da essen und schlafen sie beisammen! Und Hippo schiebt Jerricho jeden Morgen mit Rückenmassage aus dem Bett. Am 4. November kann sie kaum aufstehen. Aber Hippo prophezeit ihr gute Begegnungen an diesem Tag.

4 Monate später

Mache Fahrpause. Und was ich immer mal fragen wollte: Wer genau ist eigentlich deine „gäng"? Der Rhein liegt in der Sonne, gleich bin ich da!

1 Stunde später

Jetzt schau ich bei Kaffee und Kuchen in ein hohes Foyer, Glas und Licht und Backstein-mauern , Sonne im Garten, Skulpturen im Innenhof, ist gut und tut gut, jericho mit gedämpfter Trompete

1 Stunde später

Gut, dass es dir gut geht! Du wolltest etwas über die Gäng wissen: Die gäng ist ein Haufen Normalos, etwas überzeichnet, aber keine Karikaturen, allzu menschlich. Für mich ist sie ein Korrektiv, das meine Überspanntheiten nicht mitmacht, mault, sich zurückzieht oder als hirnrissig bezeichnet, was ich da verzapfe. Die Gäng, das sind so etwas wie meine Jünger. Das soll nicht vermessen klingen, natürlich bin ich nicht Jesus. Obwohl. Es ist eine kleine Schar, die zu mir hält.

5 Minuten später

Grüße die Gäng herzlichst! Gehe ohne handy frühstücken! Jer

2 Tage später

Unter einer Weide sitz ich, genieße die Sonne. Auto gepackt, aber ich mach noch Kaffeepause drinnen im sonnigen Foyer ..Ist sowas wie Winter im Anzug? Mein Lieber ich freu mich auf dich ;-*

2 Minuten später

War auch gerade in der Sonne, freue mich auch sehr, dass du bald wieder hier bist! Würde gerne bei deiner Ankunft mit der Gäng Spalier stehen und dich mit Armen und Beinen umarmen - aber du weißt ja... reichen die Arme?

3 Minuten später

Aber absolut!

5 Tage später

Kristi, du fragst, wie es gewesen ist. Ich kann so schlecht darüber sprechen. Deshalb schreibe ich Dir. SMS sind ohnehin das Medium meines letzten Jahres gewesen. Weißt du, in der letzten Nacht kam der Tod sehr schnell und brutal. Wir waren doch am Abend in der Oper. Der Tod kam einfach so daher wie ein letzter Akt. Ferdi musste große Schmerzen ausstehen. Alles ging dann schnell mit dem Krankenwagen. Vor dem OP hat Ferdi meine Hand genommen, mich angelächelt. Dann habe ich ihn lebend nicht mehr gesehen.

Dir einen Gruß. Bis bald.

Testament

Ein großer Saunatag ist das Leben. Die Temperaturhöhen und -tiefen genießen wir. Immer in der Gewissheit, dass Hitze und Kälte sich zuverlässig abwechseln werden.

Irgendwann ist er da, der große Saunagang, für den es nur noch eine Abkühlung gibt, nur noch ein großes Abkühlbecken. Mir ist da am liebsten das Meer.

Das Meer soll mein letztes Eintauchbecken sein.

Traum und Wirklichkeit

Durch Bahnhofslautsprecher klingen Fremdsprachen doppelt fremd. Die Stimmen hasten knisternd und demonstrieren, wie gering die Notwendigkeit ist, verstanden zu werden. Lastenträger setzen Karren rücksichtslos ein. Männer pfeifen. Italienische Großstadt. Unzählige Augenpaare, Suchen in den Augen, bereit zum Absprung, zum Rückzug, zum Ignorieren von Lippenlecken und Grinsen. Zuerst ein Stadtplan. Orientierung.

Ein Palazzo der engen Gässchen. Hinterhofpracht. Verrottete Fassade im Innenhof, wo leere Blumenkübel trocknen. Gelb blätternder Putz. Riesige Fenster. Stille.
Catarinas Holzschuhe donnern durchdringend die Stufen weitschweifiger Treppen hinunter. Ihr langes schwarzes Haar verlängert in einem schwarzen Gewand. Perlendes Lächeln. Das Gewand kommt aus Griechenland. Wie die Tragödie selbst sehe sie aus. Sagt Timo. Faszinierender Wurf der Haare.
Im verkommenen Treppenhaus baumeln Glühbirnen. Geländer schmiedeeisern, schwarzes Holzportal, schräg dem Treppenlauf folgend.

Louis Quinze und schwarzes Holz hoher Lehn-
stühle. Weiß Gekälktes. Ein Bad? Ach. Catarina
kann den Gasboiler im Raum der goldenen Arma-
turen nicht bedienen. Die Mutter, die schöne Mutter ist abwesend. Mal wieder ihr Nervenzusammen-
bruch. Perlendes Lächeln. Der Vater, der seit dem
neuen Scheidungsrecht auf und davon ist, hat wie
üblich versäumt, Geld dazulassen. Und Vorsicht ist
geboten bei Telefonaten, hörst du? Wenn der Vater
erfährt, dass Catarina einen boy-friend hat, wird es
auch sicher kein Geld mehr geben. Trockene Kekse
und Butter sind aufzutreiben. Der Freund bringt
Hühnchen mit, das wir unter dem schweren Ju-
gendstil-Leuchter verzehren.
Timo ist dünn und schwarz gekleidet, krausblond
und von ausgesuchter Hässlichkeit. Die Partie zwischen Nase und Mund ist ständig gerötet. Er zeigt
sympathisches Verständnis für körperliche Bedürfnisse und stellt das Bad der Eltern zur Verfügung.
Doch zunächst noch Rachmaninow im Radio.
Und Chopin. Timo besteht auf Rachmaninow.
Italienische Mittagsruhe. Die beiden teilen das Bett
der abwesenden Mutter. Im Innenhof eine gelb ge-
streifte Katze. Goldgerahmter Spiegel und Decken-
hohes in Öl. Catarina als Kommunionskind. Catarina als Ballettschülerin. Thomas Manns Tadzio
strahlt von allen Wänden seinen geheimnisvollen
Blick über die nackte Schulter. Viscontis Aschen-

bach auch seitab, ziemlich am Ende. Man könnte glatt vergessen, dass es sich um Dirk Bogarde handelt. Aschenbach und Tadzio füllen das Zimmer. Catarina und Timo entwickeln eine bemerkenswerte Lautstärke im Streit. Rachmaninow. Tasten rauf und runter.

Timos Eltern besitzen ein 30 Quadratmeter großes Bad , das es ermöglicht, sich im Wasser sitzend in mindestens drei Spiegeln zu betrachten. Schaum im gesamten Dreck der Bahnlinie Thessaloniki-Mailand.

Catarina unter Timos Armen quer in einen Sessel drapiert. Ein weißes Spitzenbandeau, quer um die Schultern des griechischen Schwarzen gerafft, das Haar streng aufgesteckt. Perlendes Lächeln, den Kopf im Nacken. Timo: Sehen die bei euch auch so aus? Er möchte den Anschein geben, er mache sich lustig. Dann sagt er: Ich werde ein Buch über Catarina schreiben.

Timos Mutter bestand auf guter Erziehung in deutschen Internaten, was möglicherweise Timos Hang zum Sarkasmus förderte. Catarina weiß, dass er mit vierzehn zum ersten Mal nach Hause wollte. Aber die Mutter bestand auf guter Erziehung. Timos Mutter ist Deutsche. Timos Mutter hat soeben ihren Griechenland-Urlaub beendet und ihre

Begeisterung ist grenzenlos. In der Schweiz gab es übrigens ganz *phantastische* Pastetchen. Also, ich sage immer, die griechische Kultur ist *das – Höchste*. Alles Römische ist doch nur Plagiat. Ach Timo, biete doch die Pastetchen an. Die *müssen Sie kosten!* Timo wirft sie auf den Tisch. Mein Gott Timo, sei doch nicht immer so prosaisch. Mein Gott, Timo ist immer so prosaisch. Catarinas perlendes Lächeln. Ein blondgelockter Hund trabt durch das Teppichmeer. Wie er heißt? Ari – wie Onassis, Kichern mit Fingerspitzen vor dem Mund.

In der Schweiz gab es noch andere faszinierende Dinge: kleine zentimeterhohe Silberringe, die es im Aschenbecher liegend ermöglichen, die Zigarettenkippe durch bloßes Hineinstellen zu löschen. Keine Notwendigkeit mehr auszudrücken. Sehen Sie, so.

Como liegt in blauem Dunst und üppiges Rot quillt an alten Balkonen. Bei wohlwollender Betrachtung kann man den See durchaus als fein und distinguiert bezeichnen. Ausmaße an Grün und Blau. Im Fahrtwind flattern Catarinas grünes Kleid und schwarzes Haar. Ferner Blick zum Ufer. Ein gemalter Blick, Hand an der Stirn zum Beschatten der Augen. Timo fummelt, schwarz, geknickt und dünn an seiner Fotoausrüstung. Foto über den See. Wie fern die Villen. Wie fein ihre weiße Majestät im Zypressenpark.

Catarinas Blick über die Schulter – Aschenbach/ Dirk Bogarde: Höre, so darf man niemandem lächeln. Das Rote unter Timos Nase verzieht sich zu einem hilflosen Lächeln.

Catarina wird lebhaft und geschäftig wie ein Kind. Sie hat eine Überraschung für Timo. Er *muss das sehen!* Es ist bei dieser Villa. In diesem Park. Ganz am Ende. Kommt! *Kommt!* Zypressen und Blumen vor dem blauen See. *Dort hinten!*

Es ist eine kleine achteckige Laube, goldenes Kuppeldach. Die achte Seite öffnet zum geschwungenen zierlich-eisernen Balkon auf den See. Je zwei einander gegenüberliegende Seiten sind im Wechsel Fenster und Spiegel. Catarina dreht sich darin, immer dem Spiegel zu, ihrem Tanzpartner. Sieh nur: Traum – Wirklichkeit, Traum – Wirklichkeit, Traum – Wirklichkeit, Traum – Wirklichkeit! Und sie rollt das r und spricht das au getrennt, wie es die Italiener tun, Tra-um. Und sie fliegt daher vor Spiegel und Fenster. Timo fotografiert sie im Spiegel. Ein Blick durchs Balkongitter auf den blauen blauen See.

Und dann kommt wohl die Polizei

Peer hat seit einem Jahr eine neue Familie. Es gibt Doro und Ina und Udo. Und zum Spielen hat er die Kinder Michael und Dominik und Ute und Jasmin. Aber mit Dominik spielt er nicht. Der ist noch zu klein. Und mit Michael spielt er auch nicht gern, weil der immer haut.
Doro liest gute Geschichten vor. Peer spielt gerne Geschichten.

Peer ist mit Doro und Dominik allein zu Haus. Als er seine Hausaufgaben gemacht hat, sagt Doro: Es ist gleich sechs Uhr. Wir können dann Sandmännchen gucken. Aber erst spielen, sagt Peer. Du bist wohl die Mutter.
Ich?, sagt Doro.
Ja, Du. Und ich bin der Vater. Und ich komm wohl nach Hause.
Peer lacht und haut an die Tür. Dann stolpert er ins Zimmer.
Und jetzt?, fragt Doro.
Und jetzt bin ich wohl besoffen.
Und dann?
Und dann fall ich wohl hin.
Peer kugelt sich auf dem Boden herum und lacht wie verrückt.
Und jetzt?, fragt Doro.

Jetzt will ich wohl den Autoschlüssel.

Peer steht auf und zerrt an Doros Hand.

Und du willst ihn mir wohl nicht geben. Du musst schreien.

Doro macht: Die Schlüssel kriegst du nicht! Die Schlüssel kriegst du nicht!

Peer ist sehr aufgeregt. Er fällt wieder auf den Boden und lacht.

Aber ich will die Schlüssel und du bekommst auf den Kopf!, schreit er und dann hält er sich vor Lachen den Bauch.

Aua, sagt Doro, ich will nicht auf den Kopf bekommen.

Ach komm, Peer wird ungeduldig und trampelt mit den Füßen. Ist doch nur Spiel!

Doro hält eine Faust hoch.

Nein, du kriegst die Schlüssel nicht! Du hast zu viel getrunken.

Peer torkelt herum und lallt „will aber die Schlüssel".

Und jetzt?, fragt Doro.

Jetzt fall ich wohl vom Stuhl und mein Kopf blutet und du holst wohl die Polizei. Peer liegt auf dem Boden und hält sich den Kopf. Er schielt hoch zu Doro.

Und dann kommt wohl die Polizei.

Ich bin die Polizei, schreit Dominik. Tatütata! Aber doch nicht jetzt, schreit Peer, du kommst später.

Dominik braust mit einem unsichtbaren Motorrad durchs Zimmer. Tatütata!, heult er. Peer ist wütend. Er schreit: Hau ab!

Tatütata, brüllt Dominik und brummt im Kreis durch das Zimmer. Peer springt auf und schubst Dominik mit seinem unsichtbaren Motorrad um. Dominik will weinen, da sagt Doro: So ihr beiden, wenn die Polizei weg ist, können wir noch Sandmännchen gucken. Ab auf's Sofa!

Peer sieht sehr müde aus. Er guckt Doro an. Morgen kommt die Polizei okay? Ja gut, sagt Doro. Morgen kommt dann die Polizei.

Peer sagt: Komm Dominik, ich zeig dir das Sandmännchen. Er zieht Dominik hoch und setzt sich mit ihm aufs Sofa. Dominik steckt den Finger in den Mund und legt sich mit seinem ganzen Gewicht gegen Peer.

Und dann sehen Dominik und Peer zusammen mit Doro das Sandmännchen, obwohl Peer findet, dass er schon ein bisschen zu groß dafür ist.

Peer wird müde. Doro legt ihren Arm um beide Jungen. Peer rutscht mit seinem Kopf auf Doros Schoß. Als es im Fernsehen heißt „Das Sandmännchen ist da", sagt Dominik „Tatü-tata". Aber Peer hat schon die Augen zugemacht.

Wahrheit

Wenn es eine Skala zwischen anfangs Prinzipientreue und am Ende Nachgiebigkeit gibt, rangiere ich da wohl eher vorne. Zumindest meine spontanen und unüberlegten Äußerungen und Handlungsweisen sind so. Prinzipiengetreu. Ich habe zum Beispiel mal mit einem Mann, den ich gerade erst kennengelernt hatte, einen schönen Tag verbracht und wir saßen nun beim Essen zusammen. Alles war nett. Zusammengeführt hatte uns die Idee, andere Menschen für eine Hausgemeinschaft zu finden. Das Landhaus lag wunderschön, hatte Platz und Licht und wurde verwaltet von Wohngemeinschaftsdiktatorinnen.

Nach unserem beruflichen Alltag wurden wir gefragt. Da ich überwiegend von Kursen in der Erwachsenenbildung lebte, also meist nach-mittags und abends arbeitete, hatte die Oberbewohnerin den Einwand: „Dann stehst du ja der Gemeinschaft nicht so oft zur Verfügung." „Aber sicher doch", habe ich ihr geantwortet. „Jeden Vormittag." Und Helmut, meine neue Bekanntschaft, hatte gelacht. Mit meinem Humor an unpassender Stelle hatte ich damit sowieso alle Chancen als verfügbares Gemeinschaftsmitglied versaut. Aber ohne es überlegt zu haben, waren die mir im Augenblick meiner Antwort schon nicht mehr wichtig.

Auch hinterher im Auto haben wir noch gelacht. Ich bin erst in Gedanken versunken, als mir das Wort Verfügung, so, wie die Frau es benutzt hatte, in den Sinn kam und ich es in meinem Hirn um und umwenden musste.

Auf jeden Fall saßen wir nach den ersten verbindenden Erfahrungen so gemütlich zusammen in der Kneipe. Und da, es war irgendwie um alleine leben und Überfälle und Einbrüche gegangen, der Himmel weiß, wie wir darauf kamen, da machte er diesen blöden Witz. Ein Witz so in der Art: Hat die Frau schon immer nachts die Tür aufgelassen und hat sie immer noch keiner vergewaltigt. Wie gesagt, irgendwie war alles nett, und ich hätte da mal einhaken können und kurz klären, was für ein unerträglicher Quatsch das ist, Helmut, so hieß er, hätte das wahrscheinlich verstanden. Er war ja nicht blöd. Ich habe nur innerlich reagiert. Ich bin nicht aufgestanden und rausgegangen. Ich habe nicht rumgestritten. Ich habe nur zu Ende gegessen und getrunken und mich freundlich verabschiedet und mich nie mehr bei ihm gemeldet, auch nicht abgenommen, wenn er anrief. Seine Telefonnummer habe ich weggeschmissen.

So ist das bei mir. Ich überlege in solchen Augenblicken gar nicht.

Als ich Jahre später über diese Situation nachdachte, habe ich mich gefragt, warum ich so rigoros, so bedingungslos war. Vielleicht wäre er ein guter Freund geworden. Vielleicht hätten wir noch viele schöne Gespräche geführt, auch über diese beschissenen Witze. Aber nein, ich mache einen Strich drunter und hake ab. Gewogen und für zu leicht befunden.

Für den Einlass ins Paradies ist so eine Haltung wahrscheinlich angemessen, aber für das Leben?

Mir kommen Zweifel nach all den Jahren. Die Frage müsste vielleicht lauten: Will ich es klar haben oder lieber ein bisschen gemütlich?

Die Gemütlichkeit ohne Klarheit saugt mir den Sauerstoff weg fürs Gehirn. Klarheit ohne Gemütlichkeit? Hart. Einfach nur hart. Aber manchmal sehr schön.

Vielleicht aber ist dieser Konflikt nur ein Pseudokonflikt und meiner Feigheit geschuldet. Meinem mangelnden Mut, hinzusehen und Schlüsse zu ziehen. Meiner ewigen kindlichen Vermutung, ich hätte irgendwas nicht richtig verstanden. Du bist so blöd! Die stereotype Wiederholung dieses Satzes war eine der erfolgreichsten Erziehungsmaßnahmen meiner Kindheit. Hat wirklich angeschlagen. Ich traue meiner eigenen Wahrnehmung nicht. Könnte nicht doch alles ganz anders sein als ich es hier sehe, ganz anders, als ich es fühle, besser eben oder gar irgendwie gut?

Ich ziehe also mit dem Strohhalm an meinem Eiskaffee und sehe auf die Uhr. Olli Ist eine halbe Stunde über die Zeit. Ich überlege, ob ich jetzt enttäuscht oder wütend sein soll oder ob nicht doch alles eigentlich gut ist, weil was ist schon eine halbe Stunde.

Mein Gott, Mari, kannst du nicht einmal klar denken?

Wie geht es mir, überlege ich. Geht's mir nicht eigentlich gut, weil, wie gesagt, was ist schon eine halbe Stunde?

Echt, ich bewege mich schon in Welten, die denen der Demenz meiner Tante Lilo nicht unähnlich sind. Als ich nach einer Vase für die Blumen, die ich ihr mitgebracht hatte, fragte, war sie sehr rührig geworden, obwohl mir schon klar war, dass sie eigentlich nichts mitkriegte. Das heißt, sie kriegte sehr wohl mit, dass sie etwas für mich suchen sollte, aber ihr verzweifeltes Dunkel im Hirn wies ihr nicht den richtigen Weg. Sie bot mir ihre Pantoffeln an, eine Flasche Saft und so fort, und immer mit dem schiefen traurigen Lächeln, das zu sagen schien: Ich glaube, das ist wieder falsch, aber ich hab nichts anderes, ich würde dir echt gerne helfen. Mein Gott, war sie rührend.

Aber mich selbst finde ich nicht rührend auf der bekloppten Suche nach dem, was wahr ist, was echt ist, raus aus der Verwirrung der Gedanken hinein in eine klare Wahrnehmung der Dinge. Sehen, checken, definieren. Spüre ich Enttäuschung oder Wut, dass Olli mich allein gelassen hat? Oder ist doch eigentlich alles gut?

Nehmen wir Saft oder eben Pantoffeln, solange uns nichts besseres einfällt? Verdammt, nein! Ich will meine Blumenvase! Ich rufe den Ober, bezahle und gehe.

Ich danke Kristina Rüdiger für ihr Lektorat.

Ich danke Marek Schirmer für die
Unterstützung bei der Bucherstellung.